全部終わったら、銭湯行ってゆっくり身体を伸ばすぞっ。
あー、今度は深津のヤツも連れてってやってもいいかもなー。
(本文より) ※祐作の妄想場面です。

最凶の恋人
―組員日記2―

FUUKO MINAMI
水壬楓子
Illustration
しおべり由生

SLASH
B-BOY NOVELS

この物語はフィクションであり、実際の人物・
団体・事件等とは、一切関係ありません。

最《さい》凶《きょう》の恋《こい》人《びと》プチクロニクル

petit chronicle

本作「最凶の恋人—組員日記—」の本編である「最凶の恋人」シリーズ。「—ルームメイト—」から現在に至るまでの出来事をダイジェストで紹介！　組員日記と共に『最凶』な思い出を振り返ってください♥

千《せん》住《じゅ》柾《まさ》鷹《たか》

身長180cmオーバーで、我流だがケンカは強い。中一の時から気になっていた遙を、高校生になり、寮が同部屋となってから強引に自分のものにする。「組長」の女として遙はその後三年間、学園生活を送ることに。柾鷹いわく「中学の三年間は我慢した」。現在ではやや遙の尻に敷かれ気味だが、遙のためなら即、命を賭けられるほど惚れこんでいる。

朝《あさ》木《ぎ》遙《はるか》

美形だが気が強く、学生の頃から回りに一目置かれていた柾鷹に対し、屈することはなかった。十歳のときに両親を事故で亡くし、以来親戚に引き取られていた。柾鷹から無理矢理抱かれて始まった関係だった。素直には出さないが、いまでは柾鷹の男気と懐の深さに惹かれている。

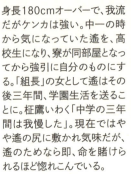

木《き》野《の》祐《ゆう》作《さく》

千住組部屋住み。

酔った柾鷹に蹴飛ばされたり、むちゃなお使いを頼まれたりもする下っ端。狩屋の勧めにより日記を付けているが、組長観察日記と化しているらしい。「組員日記」では主人公っす！

狩《かり》屋《や》秋《あき》俊《とし》

千住組若頭。柾鷹の右腕。武道にも秀でている。千住組の実務はほぼ狩屋の才覚で回しているといっても過言ではない。柾鷹の父である先代から千住組に仕えている。

生《いく》野《の》祐《ゆう》哉《や》

知紘の守り役。知紘と同い年で、小さい頃から千住組の中で一緒に育ってきた。知紘の身に起こったある事件以来、命をかけて知紘を守りぬく決意を固めている。

国《くに》香《か》（千住）知《ち》紘《ひろ》

柾鷹のひとり息子。柾鷹が中三時の子供。縁の弁護士のところに養子に出されているが、本人は特に自分の出自を隠してはいない。華奢で美麗な顔立ちながら気は強く、リーダーシップも持ち合わせている。守り役でもある生野のことが大好き。

最凶な出来事ダイジェスト——

▼**柾鷹**、**遥**、瑞杜学園へ入学

▼高校へ進学し、**柾鷹**と**遥**、寮で同部屋になる。

▼**遥**、柾鷹と同部屋になったその日に**柾鷹**に無理矢理抱かれる。
※その後、学内や寮のあちこちで抱かれた模様（「ルームメイト」）

▼**柾鷹**、**遥**、卒業。その後10年没交渉。
遥は卒業後、柾鷹には黙って関西の大学へ。
大学院まで出たあと、母校瑞杜学園で教鞭を執る。
—この時期、柾鷹の父が亡くなり、**柾鷹**が千住組組長を襲名している—

▼**柾鷹**、**知紘**の保護者として遥の前に再び現れ、**遥**をくどき抱く。
柾鷹と**遥**、10年ぶりによりを戻す。（「ルームメイト」）

▼**遥**、**柾鷹**に頼まれ、**生野**と**知紘**の初エッチの勉強のため、
生野の前で柾鷹に抱かれる。（「ルームメイト」）

▼**遥**、アメリカに留学（逃亡!?）する。（「地上の楽園」）

▼**柾鷹**、遥のために(!?)自分のブツでの張り型作りに挑戦する。（「組員日記」）

▼**狩屋**、柾鷹の名代でアメリカへ。（「地上の楽園」）

朝《あさ》木《ぎ》智《とも》明《あき》

遥の従兄弟。幼い頃に両親を亡くした遥は彼の家に引き取られ共に育った。

能《の》上《がみ》智《とも》哉《ちか》

瑞杜学園生。国会議員雪村の愛人の子で、母亡き現在は雪村に引き取られている。

宇《う》崎《ざき》富《とみ》夫《お》

生活安全課の刑事。利益になるかと遥の周りを嗅ぎまわっている。

新《あら》井《い》颯《はや》人《と》

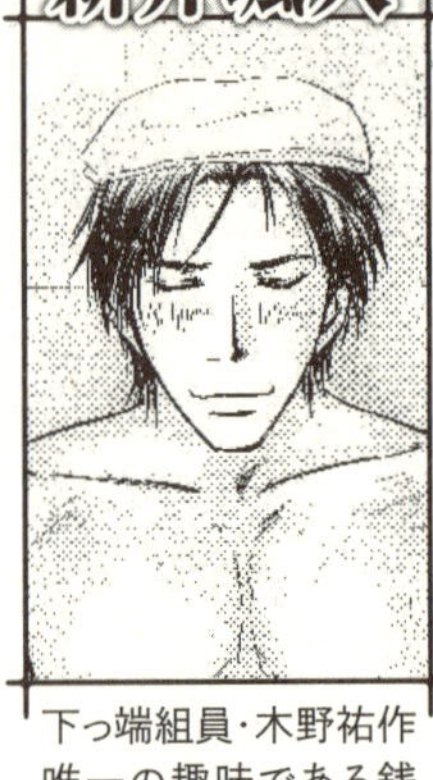

下っ端組員・木野祐作唯一の趣味である銭湯めぐりで知り合った好青年の警官。お互いの立場を知らず友情を育もうとしていたのだが…？

深《ふか》津《つ》真《じん》一《いち》

千住組。狩屋の直属。優男な風貌だが、武芸を嗜んでいて狩屋にも一目置かれている。何故か祐作と一緒に行動することが多い。

▼**柾鷹**、狙撃される。（「―地上の楽園―」）

▼**遙**、千住の本家に移る。（「―地上の楽園―」）

▼**知紘**の事件がおこり、**生野**がけじめをつける。（「―蝶々の束縛―」）

▼**遙**の存在が、神代会の組長たちに問題視され始める。（「―覚悟の日―」）

▼**柾鷹**に縁談が持ち上がる。**遙**、誘拐される。（「―ある一つの賭け―」）

▼**遙**、神代会系の例会に単身乗り込む。（「―例会にて―」）

▼**柾鷹**、年に一度の総会で**遙**は自分のオンナであることを改めて系列の組長たちに宣言する。（「―例会にて―」）

▼**知紘**、柾鷹たちの校内エッチの場所巡りを思いつき、**生野**を付き合わせる。（「―例会にて―」）

▼**遙**、**柾鷹**との人生を選び、両親を亡くして以来家族同然だった従兄弟と縁を切る。（「―ある訣別―」）

▼**知紘**と**生野**、自分たちの事情を知る同級生の友人・**能上**を得る。（「―ある訣別―」）

▼**遙**、刑事・**宇崎**につきまとわれる。（「―虎の尾―」）

▼**ベルティーニ一族**の総領息子・**レオ**、来日する。（「―虎の尾―」）

鳴《なる》神《かみ》組《ぐみ》

神代会系の系列組。若き組長の鳴神一生が率いる。柾鷹とは兄弟の盃を交わしている。

柾鷹は若頭補佐である蜂栖賀千郷のことを「ミツバチちゃん」と呼んでいるらしい。（ガッシュ文庫「B.B. baddie buddy」「氷刃の雫」より/海王社）

名《な》久《く》井《い》組《ぐみ》

神代会系列組。組長は名久井匡来。実兄である名久井公春は辣腕の弁護士で、過去に柾鷹狙撃事件の報復を行った舎弟の裁判を担当したこともある。（リンクスロマンス「リーガルトラップ」より/幻冬舎コミックス）

沢《さわ》井《い》 梓《あずさ》

神代会系沢井組組長の愛娘。通称あずにゃん。父親が気を回して柾鷹との縁談をもくろんだこともあったが、本人は自分の組の若頭である小野寺のことを憎からず思っている。

三《み》島《しま》 叶《かなえ》

柾鷹の叔母。幼い頃に母をなくした柾鷹の母親代わりのような存在でもある。（「―覚悟の日―」登場）

CONTENTS

組長の秋　組員日記（出張版）

押忍《おす》。木野祐作《きのゆうさく》っす。指定暴力団神代会《かみしろかい》系千住《せんじゅ》組で部屋住みをやってます。つまりヤクザの本家で暮らしてて、一番下っ端《ぱ》ってこと。ま、使いっ走りってことだ。

この日記は、そんな俺の理不尽な苦労と苦労と苦労と、たまーに役得とかあったりする、日常の記録っす。

10月30日

秋も深くなってきた。秋と言ったら、「芸術の秋」とか「読書の秋」とか「スポーツの秋」とか、いろいろあるわけだが。

千住柾鷹《まさたか》――千住組の組長には、どれも縁がなさそうだなー…、と、俺は日課である本家の庭掃除をしながらぼんやりと思っていた。

やっぱり俺には「食欲の秋」かな。金がないから、そんなおいしいモノを食えるわけじゃないけど、やっぱしコンビニの肉まんとかおでんとかにそそられる季節だしな。

そんなことを考えてる間にも手は動いていて、目の前にこんもりと枯れ葉の山ができている。なにしろバカ広い庭だけに大きな木も多く、落ち葉がすごいのだ。

箒《ほうき》で一カ所に集めた枯れ葉をぼんやり眺めながら、昭和のアニメだと、この中にサツマイモをつっこんで焼き芋とかやりそうだよなー、とか思いついてしまう。

うまそうだよな。今度、芋を買ってきてやったらダメかな？　やっぱ、怒られるかな。

案外、組長はおもしろがって食べてくれそうな気もするけど。

組長もどれかと言えば、やっぱり「食欲の秋」なんだろう。とてもゲージュツって柄じゃないし、体力はありそうだけど、ナマケモノでめんどくさがりで飽きっぽい組長がスポーツとかもやりそうにないし。

でも、そんなにグルメでも食いしん坊ってわけでもないんだよなぁ。酒は飲むけど。

組長に似合うのは、せいぜい「性欲の秋」……？

あ、ダメだ。組長、秋じゃなくても年中サカってるや。

遙《はるか》さんも大変だよなぁ…、としみじみ思ってしまう。本家の離れで暮らしてる、組長の愛人……ていうか、恋人っていうか。姐《あね》さんっていうのか。傘下の組員たちは、正式には「顧問」て呼んでるお人だ。

もともと組長とは中学高校の同級生だったらしく、元教師で、すごくまっとうな人なんだけど、どう口説《くど》き落としたんだか、案外、ラブラブっぽい。……いやまあ、組長はしょっちゅうなんだかんだとやらかして、遙さんには締め出しを食らったり、家出（？）されたりしてるんだけど。

ワガママで横暴な組長が、唯一頭の上がらない人だ。うまく手綱《たづな》を取ってる人、って言った方がいいのかな？　若頭の狩屋《かりや》さんとかも、組長をうまく扱ってるんだけど。

むしろ、その二人以外、組長が傍若無人《ぼうじゃくぶじん》っていうことでもある。

俺はいったん落ち葉を集めてから、ちろっと離れの方を眺めた。そういや、しばらく前に組長はいそいそと離れへ行ってたな、と思い出す。

まだ昼の二時過ぎだけど、まさかおっぱじめてたりしないよな。うん。遙さんが許さないよな。……許さないはずなんだけど、なんだかんだと組長がうまく丸め込んでる可能性もある。ホントに口は達者な人なのだ。

「チリトリ、とってこないとなー…」

誰もいないのに、俺はそんなことをつぶやいてみる。チリトリをおいてるのは庭の隅の物置小屋で、離れの方向にあるのだ。

何かの言い訳みたいに、俺は箒を手にしたまま、無意識に忍び足でそっと離れの方へと近づいていった。大回りするみたいに建物の周囲を移動し、一階の応接間があるすぐ脇の壁際で、そっと息を潜める。

しばらく前に遙さん――なんて、ホントは名前を口に出しては呼べないけどな。うかつに組長の前で呼んだりしたら、タコ殴《なぐ》りにされるのだ。他の男に名前で呼ばせたくないらしいけど、なんつーか、顔に似合わずカワイイっていうか、めんどくさいっつーか――が空気の入れ換えか、掃き出しの窓を開けっ放しにしていたのだ。遠目にもちらっと、薄いカーテン越しに人影が見える。そして案の定、話し声がかすかに外へこぼれていた。

「……バカ…っ、よせっ。真っ昼間だぞ…」

と、あせったような遥さんの声がいきなり耳に届く。

「昼じゃなきゃいいのか？」

にやにやとからかうように、組長の迫る声。

うわ。マジで襲ってんのか、組長…。

ちょっとあきれつつも、知らずギュッと箒を握る手に力がこもり、無意識に身体を伸ばすようにして聞き耳を立ててしまう。

ガタガタ、とかすかにテーブルの動くような音と、ドサッ、バサッ、と、何か……遥さんの身体がソファに押し倒された、のだろうか？　そんな音が続けて聞こえてくる。

それだけで、いつかうっかり見てしまった組長と遥さんの……その、あれやこれやが頭の中を駆けめぐり、思わずイロイロと想像してしまう。

「おいっ、離せ……——ん…っ」

遥さんの声が途中で途切れ、多分、きっと、組長がキスでも仕掛けたんだろう。

何か……濡《ぬ》れたような音が聞こえてくる気がして、妙にそわそわしてしまう。

「盛りすぎだ。ゆうべもさんざんやったくせに…」

ようやく組長を押し返したらしく、遥さんがため息混じりにうめいた。

「しょーがねーだろ。秋だしな。ほらほらっ、よく言うだろ？　性欲の秋ってさ」

うきうきと言う組長に、俺はがっくりと首を折った。

そうなのか…。やっぱり、そうなんだ…。

「聞いたことないな」

それにあきれたような遙さんの声が返る。

「つーか、秋っつったら、アレ、ほら、紅葉狩り？　どっか日光とかそのへんの温泉に行って、しっぽりしようぜー」

わくわくと、組長が甘えるようにねだっている。

「おまえと温泉へ行ったところで、ろくに紅葉なんか見てないだろうが。どうせ、部屋にこもってやってるだけのくせに」

ふん、と遙さんが鼻で受け流す。

「んなことねぇだろ。場所が変われば気分も変わって、ちょっと新鮮な感じがだな……。あっ、そうだ、露天っ。露天風呂だったら、やりながらでも紅葉が見れるしなっ」

――やりながらが前提なのか…？

「わざわざ外でやる趣味はない。むしろおまえは、少しスポーツの秋にいそしんだ方がいいんじゃないのか？」

むっつりと、なかばため息まじりに遙さんが言った。

「スポーツねぇ…。ベッドの上の球技なら、めっちゃ得意だけどな？」

いかにも意味ありげな組長の声。

——うっ…。オヤジな下ネタ…っ。

思わず心の声がこぼれそうになる。

「おまえの腹の肉、摘《つ》まめるぞ」

しかし冷ややかな遙さんの指摘に、いっ!? と組長が喉《のど》に詰まったような声をもらした。

「ま、まさか…、バカ言うなよ」

ハハハ、と笑い飛ばそうとした組長の声は、妙にうわずっている。

「ほら、見ろ。この贅肉《ぜいにく》」

「うわわわわっ、よせっ、やめろ…っ」

どうやら遙さんが組長の腹を摘まんだのか、摘まもうとしたのか、組長がいつになくあわてて逃げ出したらしく、室内がドタバタした。

「はっきり言って、ぷよぷよしてる腹を見ると興ざめだな。一気にやる気をなくす」

「そ、そんな…っ」

ぴしゃりと言われ、組長がうろたえた声を上げる。ふだんでは絶対に聞けないあせった調子だ。

「おまえが運動させてくんねーからだろー…」

そして、まったくの責任転嫁というか、ふてくされたような声が聞こえた。

「人にせいにするな。このところゴロゴロして、おまえがろくに動かないせいだろうが」

案の定、遙さんがぴしゃりと言い放った。

「ともかく、その腹をなんとかしろ。……そうだな。それがきっちり引っ込んだら、温泉くらいつきあってもいいぞ？」

――うお。アメとムチだ。

がぜん、組長はやる気になったらしい。

「ホントだなっ？　ホントに露天につきあうなっ？」

「温泉につきあうんだ」

きっちりと遙さんは言い直したが、組長に聞こえているフシはない。

「よしっ、見てろよ、遙っ。来月は一緒に露天風呂だっ！」

また妙なとばっちりが来なきゃいいけど。

大きく吠《ほ》えた組長の声に、俺はちょっと遠い目になった。

10月31日

「おいっ、ジム行くぞっ、ジムっ」

昨日の遙さんの言葉を受けてだろう、案の定、この日、組長は朝から吠え立てていた。

そして俺は運転手として、他二人ほどが犠牲者となって、連れ出される。

仕事なら、若頭の狩屋さんが同行することが多いが、さすがにこんな組長の気まぐれにつきあう時間はないらしい。

車で乗りつけたスポーツジムは結構大きな規模で、わざわざ店長が飛び出して挨拶してきた。まさか会員じゃないだろう、とは思うが、知り合いのジムなのか、もしかしたら経営者が傘下の人間なのか。

平日昼間で客はそう多くはなかったが、さすがにヤクザの組長を一般客と一緒にするのはまずいとの判断か、個室に通された。

それでも会議室くらいはある結構な広さで、ランニングマシーンやエアロバイク、ダンベルなんか一通りがそろっている。浅黒いマッチョな選任のトレーナーがついてくれるらしく、組長の素性を知っているのか、いくぶん引きつった笑顔でプランの説明をしていた。

組長の要求はただ一つ。

「手っ取り早く腹が引き締まるヤツ」

――だ。

「わ、わかりました。ではエクストリーム・プランで行きましょう。有酸素運動を組み合わせたサーキットトレーニングと、ロウアーボディーを中心に全身のシェイプアップを目指します。身体にかなりの負荷をかけて、徹底的に追い込んでいくプログラムですので……、その、相当にきついと思いますが…」

実際、死ぬほどきつかった。

マシンを使ったスクワットにレッグプレス、ショルダープレスにペックデッキ。その他、もろもろ。それを休みなしでやるのだ。

さらには、一時期はやった、なんじゃらブートキャンプみたいなのが、激しい音楽やかけ声とともに繰り広げられる。

組長が音楽に合わせて踊る？　のは見ていておもしろいのだが、当然のごとく、組長が一人でそんな苦行をやるわけがなく、否応なく、俺たちもつきあわされた。もちろん、俺たちはダイエットの必要などない。

そして、ランニングマシーンにエアロバイクにスイミング。

「おい…、おまえ……、代わりにやっとけ」

途中でへばった組長にぜぃぜぃと顎《あご》で命令され、俺は足をもつれさせながらランニングマシンに乗っていた。ていうか、代わりにやっても意味ないんじゃ…？

体力を根こそぎ奪い取られ、帰りの運転は半分、寝そうになっていた。無事に帰り着けたのが奇跡みたいだ。

そしてへろへろになって本家に帰ってくると、なにやら大きな荷物がいっぱい届いていた。アブなんとかとか、トランポリンとか、フィットネス関係の通販グッズらしい。

——どうせ三日で飽きるのに……。

というか、せめて三日で飽きてほしい。

11月1日

「ああ…、遙さん。この間はご面倒なことをお願いして申し訳ありませんでした」

玄関先で拭《ふ》き掃除をしていた俺の耳にそんな若頭の渋い声が聞こえてきたのは、組長がジムへ行ってから三日くらいたった頃だった。

「いや、あいつがこのところ運動不足なのは確かだしね。実際、肉もついてたし。でもムダなことに金を使わせちゃったな…」

反省するみたいに遙さんがつぶやく。

どうやら玄関を出たところで、若頭が遙さんと立ち話をしているらしい。

組長と遙さんはかつての同級生で、若頭もやっぱり同じ学校に通っていたみたいで、やっぱり同級生だ。つまり同い年のはずだけど、若頭は遙さんにはいつも敬語だった。

「おかげで翌日の食事会、組長は体力を使い果たしていたみたいでおとなしかったですからね。以前のようなケンカ腰にならず、相手の挑発も受け流していて、スムーズに話もまとまりましたよ」

そんな会話に、え？　と思う。つまり、遙さんは若頭に頼まれて、わざと組長を煽《あお》った、ってことだろうか？

うおおお…。やっぱり千住組を裏で牛耳っているのはこの二人なんだなっ、と俺は深く納得した。

「でも紅葉狩りついでの温泉はちょっと行きたい気もするけどな…」

ちらっと笑うように、遙さんが言う。

「手配しましょうか？　喜びますよ、組長」

「あ、いや、行くんなら一人がいいな」

「でしょうね」

軽やかに笑い合うふたりの声に、俺はなんだかしんみりしてしまった。

……なんか、かわいそ、組長。

ま、自業自得《じごうじとく》なんだけど。

結局、組長のフィットネスは二日で終了した（ジムは一日）けど、組長の腹はちょっとは引っ込んだらしい。

組員日記

押忍《おす》。指定暴力団神代会《かみしろかい》系千住《せんじゅ》組部屋住み、木野祐作《きのゆうさく》っす。

秋深き隣は何をする人ぞ——って俳句?があるらしい。

……なんてことをしみじみと言ってるヤツの気が知れない。

千住組本家においては、隣——つまり遙《はるか》さんのいる離れだ——が何をやってるかなんて、ほぼ丸聞こえなのだ。

ま、組長が行ってる時に限るけど。

……ていうか、聞こえなくても想像できるよなあ。

怒られてるか、エロいことしてるか、だ。

懲《こ》りないよなぁ…、組長。あれも一種の才能? なのかな?

かっこよく言えば、不撓不屈《ふとうふくつ》? (覚えた!)

11月3日

今日、組長と若頭とを乗せたキンチョーの車移動中、なぜか俺の日記の話になった。

——や、やべー、やべー…。

見せろ、とか言われたら、俺、軽く死ねる。

フェイクの日記とか用意しとく必要があるのかもな。でもさすがにめんどくさ過ぎるよな…。

とりあえず言われたら、うっかり燃えたことにしよう。うん。

けど、若頭が組長にも日記をつけることを勧めたもんだから、俺は思わず笑ってしまった。

いやいやいや。似合わなすぎるっつーか、組長がそんなにマメなわけない。ムリムリ。

したら、後ろからシートが蹴《け》りつけられて、俺は飛び上がりそうになった。

反射的にハンドルが曲がり、車が蛇行して、さらにどやされる。

まあ、俺だって似合ってるとは言えねーけど、意外に続いてんのは、……多分、組長っていうネタがあるからだ。

でも、まさか組長が自分のことをネタにするわけないし。……あ、遙さんのことを書いたりすんのかな?

えっと、ベッドの中のこととか?

……むしろ、叱《しか》られたことの反省文を書いた方がよさそうな気もするけどな。

ていうか、組長がそんな話に乗るわけない、と思ったら、なんだかんだで組長も日記を始めることにしたらしい。

すげー。さすがは若頭、口がうまいよなぁ…。

決めゼリフは「ギャップ萌《も》え」だ。

さらりと言われると、こっそりと聞いていた俺も、おおー！　という気になる。

ま、あっさりと乗せられてる組長も単純なんだけど。

でも組長には無理だと思うけどなー。三日坊主がいいとこだよな。


……て、話を深津《ふかつ》にしたら、へー、と目を丸くしてた。

やっぱり意外だよなぁ、と思ったら。

「祐作さん、日記とかつけてたんですねー。すごいっすねー」

――そっちかよっ！

思わずツッコミそうになった。

ていうか、一瞬、ヤバッ、と冷や汗が出る。

考えてみれば、深津のこともよくネタにしてたんだった。

しかしそういえば、コイツは知らなかったのか、と今さらに思い出す。

まあ、俺が若頭から日記を書くことを勧められた時には、まわりに兄貴たちもいたんだけど、
でも多分、兄貴たちは今も俺が続けてるとは思ってないんだろうなあ。

俺もコッソリ書いてるし。

や、なんつーか、ちょっと照れくさいっつーか、兄貴たちに見られたらやっぱり、殴《なぐ》られそう

っつーか。

「一回、読ませてくださいよ」

にこにこしながら言われたが、俺はビシッ、と言ってやった。

「ダメッ！　絶対！」

「えー、なんでですかー？」

「に…日記ってのは人に読ませるもんじゃねーだろっ」

あせって言い訳した俺に、「まぁ、そうですよねー」と深津はしょんぼりしつつも、頭を掻《か》いてうなずいた。素直なヤツだ。

とりあえず、他のヤツには言うなよ、としっかり口止めした。

俺の日記はともかく、今問題なのは組長の日記だ。

俺は深津とちょっとした賭《か》けをすることにした。

もちろん、組長の日記がいつまで続くか――だ。

俺は三日。……っても、組長が毎日書くはずもないから、三日分てことだ（や、俺だって毎日は書いてない）。

深津は考えた末、五日にしていた。

掛け金は昼飯代。

……でも正直、二日がいいとこじゃないかって気もする。

11月4日

「おい、ユーサク、親、誰だ？」

この日、例によって本家の掃除をしてたら、いきなり兄貴の一人にとっ捕まって聞かれ、俺は「はい？」と間の抜けた返事をしてしまった。

でも正直、親って、何の親だ？　……って感じだ。

よく話を聞いてみると、どうやら「組長の日記」の賭けがじわじわと広がっていたらしい。

まあ、俺もちらっと何かのついでみたいに兄貴と話題にしたし、深津の方もしゃべったのかもしれない。あの時、助手席にいた別の兄貴からも伝わったんだろう。

俺と深津とは個人的な、ささやかな昼飯代くらいの賭けだったが、どうやら兄貴たちは、胴元がいる結構本格的な賭けになっているようだった。

まさか若頭とか、若中の前嶋《まえじま》さんとかが音頭をとってるわけじゃないんだろうけど、でも結構上の舎弟が仕切ってるらしい。

一口千円。五口から。

「ユーサク、おまえも乗らねぇか？」

勢い込んで聞かれたが、俺は謹《つつし》んで辞退した。

そうでなくとも、今は金欠なのだ。

――いーのかなー…。組長にバレたらタコ殴りにされそうだけど。

11月7日

今日も運転手。やっぱり組長と若頭を乗せて、例会の会場までだ。

今日は助手席に深津も一緒で、うん、やっぱりツレがいると、ちょっと気が楽な気がする。

神代会の例会だから、当然、他の組の組長さんたちも集まるわけで、俺も礼を失しないようにきっちりスーツを着ていった。

ま、組長の運転手をする時は基本、スーツだけどな。……うん。金があるうちに買っといてホント、よかった。

例会の会場は毎回変わるみたいだけど、今日はわりと郊外にある料亭みたいなとこだった。庭が広く、外からじゃ店の建物も見えないくらいに敷地がでかい。

とりあえず、正面の玄関先に車を着ける。

着物姿の数人の仲居さんたちと、そしてど迫力の名久井《なくい》組若頭――今日の幹事をする組だ――

た。

とか、出迎える中で、組長と若頭を降ろしてから、車に残った俺たちは誘導されて駐車場へ入っ
やはり塀に囲まれた敷地の中にある駐車場は広く、余裕で二、三十台は駐《と》まれそうだ。

どうやらこの時間は貸し切りらしい。ま、そうだよな。うっかりカタギさんが迷いこんできたって逃げるよな。こんな黒ずくめの集団。

さすが、すでに駐車場に並んでいたのは黒塗りの高級車ばかりで、おおー、という気分になる。

しかし車の中とか、駐めた車の側で待機していた、やはり運転手とか警護のヤツらだろう、いっせいに新しく入ってきた車に——その運転手である俺に、だ——いっせいに鋭い視線が飛んできて、さすがにビクッと背筋が伸びてしまう。

どこの組だ？　というところだろうが、はっきり言って車はどれも同じような車種なので、区別がつかない。かろうじて、知った顔があれば組がわかる程度だ。

それでも知り合いらしい連中は、数人で集まって雑談している。

「あの二人はどこのヤツらだろ…？」

二人ほど、駐車場の入り口あたりで立っているいかにも強面《こわもて》の男たちに、俺は指定された場所に車を駐めてから、ぽつっとつぶやくように口にした。

入ってくる車をチェックするみたいに明らかに鋭い目が向けられて、俺は前を通り過ぎる時、思わず首を縮めるようにしてぺこっと頭を下げてしまっていた。

他の連中とはちょっと雰囲気が違う。

「名久井組の舎弟さんじゃないですかねぇ…。ここでうっかり揉《も》め事が起こらないように、監視してるんじゃないですか？」

それに横から深津が答え、なるほど、と納得した。

今回の例会を仕切っている名久井組がしっかり目を光らせている、というわけだ。

俺たちみたいな下っ端《ぱ》よりは数段貫禄があって、いかにも腕っ節《ぷし》は強そうだ。

「車のナンバーも見て、どこの組が来たのかもチェックしてるんだと思いますよ」

深津がリラックスするように、わずかにシートを後ろに下げながら、のんびりと続けた。

「だろうな」

俺ももちろん、わかっていた——ようにうなずいてみせたが、内心では、なるほどー、とちょっと感心する。

確かに携帯で、ちょこちょこと連絡を入れているようだ。

このまま、俺たちもここで待機。二時間か、三時間か。その時々によって、会合がどのくらいで終わるのかわからない。早いと、一時間くらいですむ時もあるんだけど。

俺たちの仕事の大半は待機だ。その時間の潰し方が、最大の課題になってくる。

へらへら携帯で長電話してるわけにもいかないし（緊急の連絡を取り損ねたらまずい）、無防備にゲームで遊んでいるわけにもいかない。

ま、今日は深津がいるからまだだべってられるけど、一人の時は、その時間を利用して俺は日記をつけているわけだ。

最近は携帯で、新規メールの件名に日付を入れて、本文に日記を書き、専用フォルダーに保存しておくことを覚えた。

あとでちゃんとノートに写すんだけど（や、自分の手で書いた方が漢字とか覚えるからって、若頭に言われたし）、一度携帯に入れると、写す前に整理もついていい感じだ。

それにしても腹が減った。組長たちは、うまいもん食って、酒も飲んでんだろーなー…、と思っていたら、ふいにコンコン、とウィンドウがノックされた。

気がつくと、どこかの——多分、名久井組だろう——下っ端みたいなのが数人、弁当箱みたいなのを抱えて、各車にまわっていた。

「昼食です！　お願いしますっ」

と、弁当とペットボトルのお茶を勢いよく突き出され、「ど、どうも…」と俺も頭を下げながら受けとった。

弁当は、分厚いヒレカツサンドとハンバーグサンドで、ボリュームもがっつり。うまかった…！

待つこと二時間弱。

まあ、通常程度の時間で会合は終わったらしく、順番に車が呼ばれて親分さんたちを迎えに行く。

俺たちも玄関先まで車を着けて、深津が外へ出て出迎える。

出てきた組長は妙に渋い顔で、微妙に口数が少なく、不機嫌そうだった。

今日の例会で、何か難しい問題でも持ち上がったんだろうか？

うっかりすると抗争になるんだろうか、——と、バックミラーで組長や、あとから乗りこんだ若頭の様子を盗み見しながら、俺としてはちょっとドキドキしてしまう。

深津も感じているらしく、乗りこんでくる時にちらっと目が合って、細い目をさらに細くしていた。

出します、とおずおずと断って車をスタートさせ、しかし車の中は息苦しいほどの沈黙が漂っていた。

ごくっと、自分が唾を飲みこむ音も聞こえそうなほどで、よほどの重大事らしい。

しかしこっちから何かを聞くようなこともできず、俺は背筋を伸ばし、顔を引きつらせたまま、ただ前をにらむようにして運転に集中した。

——と、いきなり、だった。

若頭が一言、口にしたのだ。

「組長、虫歯がありますね？」

——む？　虫……歯……？

俺は目を見開いて前をにらんだまま、必死に振り返りそうになるのをこらえた。

虫歯？　……って、虫歯？　歯の？

「ねぇよ」

それにいかにもむっつりとした、組長の短い答えが返る。

が、ちらっとバックミラーに視線をやると、組長の片手は顎《あご》から頬《ほお》のあたりをしっかりと押さえていた。

――む…虫歯かぁ…。

俺は思わず気が抜けるように、へこん、とブレーキを踏んで、信号待ちで駐まった。

「最後に歯医者に行かれたのはいつでしたか？」

「……もう四、五年は行ってなかったかな」

「予約、お取りしますか？」

「いらねぇつってんだろ」

そんな淡々とした若頭と、むすーっとした組長との会話を聞きながら、……しかしなんか、笑うに笑えない。

若頭はそれ以上、無理強いはしなかったけど、――言ったって組長は意固地になるだけだろうし――でも、虫歯はほっといたら治るもんじゃないんだよなぁ。悪化する一方なんだから、組長もあきらめて早めに行けばいいのに。

……まあ、気持ちはわかるけど。

歯医者……かぁ。

俺だって、ぜんぜん得意じゃない。

ただでさえ得意じゃないけど、実は千住組には「吉永《よしなが》歯科クリニック」というお抱え？　御用《ごよう》達《たし》？　の歯医者があるのだ。

なんでも、先代とか先々代とかからのつきあいらしく、ヤクザを嫌がらずに見てくれるらしい。

いや、それはとてもありがたいことなんだろうけど。

そこの若先生というのがいかにもインテリ風で、腕はいいのだが、またとんでもなくサドっ気のある先生なのだ。

去年だか、俺もその歯医者に行ったことがある。俺の治療じゃなくて、兄貴の付き添いだった。

やっぱり虫歯を放置したまま悪化させたらしい。痛みがひどいのを酒や薬でごまかしていたようだが、さすがに日常生活にも支障が出るくらいになっていた。若中の前嶋さんに、「行け」と厳命され、仕方なく訪れることになったのだが。

「頼むよぅ…、祐作っ！　一人じゃムリだよぅ…」

と、涙ながらにすがるみたいに言われ、何を大げさな…、と俺はなかばあきれながら、兄貴に付き合ったのだ。

ヤクザの急患ということで、診療時間後にわざわざ診療所を開けてくれて、いい先生じゃないか、とその時、俺はアサハカにも思ったのだが。

いやもう、その吉永若先生の底知れないサドっぷりに背筋が凍りついた。

「……半年前に、治療途中でほったらかしにした方ですね？」

「ギャ――ッ！」

「まぁ…、また見事に大穴が開いてますねえ…」

「ぐぁぁぁっ！」

「自業自得《じごうじとく》と言うべきですけどね。しばらく通っていただきますよ」

「ひぃぃぃぃ――っ！」

「ああ、麻酔、いりますか？　いりませんよねえ？」

「うがァァァ――っ！」

な、何をされているのか……。

治療室のドアの向こうから聞こえてくる、断末魔のような叫び声と、悪魔のような楽しげな声に、俺は背筋がそそけ立った。

そしてお馴染《なじ》みの、キュルキュルキュル、とか、カガガガッ、という機械の音がし、小一時間して出てきた時、兄貴はボロボロだった。

顔が死んでいた。

対照的に、若先生の顔は輝いていた。

どうやら兄貴は、半年前に一度治療に来たものの、途中で逃げ出して、さらに悪化させた、ということらしい。

「では来週、またお待ちしていますね。今度逃げたら、若頭にご連絡して、首に縄をつけて引っ張ってきてもらいますからね」

にっこりさわやかに言われ、しかし兄貴は涙目で返事もできなかった。

代わりにペコペコと頭を下げた俺をちらっと見て、若先生が首をかしげた。

「ああ…、君、初めて見る顔ですね？　この機会に定期検診、しておきましょうか？」

さらりと言われ、俺は脱水機みたいな勢いで首を振った。

「いいいいいいえっ！　今日は時間ないんでっっっ！」

「それは残念。じゃあ、またの機会にね」

ぜ…絶対、絶対、歯医者にはかからないようにする！

と、この時、俺が心に誓ったのは言うまでもない。そしてそれ以来、きちんと歯を磨くようにしているのだ。

あとで聞いたら、千住組の半分近くの組員が、若先生の餌食《えじき》になっていたらしい。

なんというか、本当に腕はいい、らしいのだが、――頭の上でささやかれる言葉が恐い。

しかも容赦なく虫歯をつっつかれ、本当に晴れやかな笑顔で歯が引っこ抜かれる。

何より、その笑顔がコワイのだ――と。

その都市伝説……いや、千住組伝説のようになっている吉永皐月《さつき》若先生のことを、組長が知らないはずもない。

……組長、かなりごねてたけど、歯医者行くのかなあ。

でも行かないわけにもいかないと思うんだよな。


この夜は組長、遙さんの離れへご出勤だった。

よしっ。明日の掃除が楽だ。

11月8日

遙さんのところへお泊まりした翌日だというのに、組長の顔は渋かった。

やっぱり虫歯の痛みが悪化したらしい。

傍目《はため》にも頬がぽっこりと腫《は》れ上がっていて、思わず笑っちゃうくらいだ。

いや、必死に我慢したけどっ。

朝から誰もが組長とは目を合わせられずに、あわてて笑いをこらえているものだから、組長の機嫌はさらに悪くなっていた。

午後一番で車を出すように言われ、どうやら観念して組長、歯医者に行くことにしたらしい。

ていうか、多分、若頭が遙さんに組長を説得するように頼んだんだな。

ドアを開けて待っていた俺の目に、あらためて組長の腫れ上がった顔が入ってきて、思わず爆笑しそうになるのをなんとかこらえようとした。

——が、クソッ、と組長に額を思いきりはたかれる。

痛かったが、響いたせいかたたいた組長の方がもっと痛かったらしい。

ぐぅぅ…、とうなって、車の中に転がりこんだ。

遙さんがその後ろからため息をつきつつ、乗りこんでいく。

どうやら、遙さんが付き添っていくらしい。

よかった———！　いや、マジ、俺や兄貴だけで、不機嫌な組長が扱えるはずはない。

歯医者に行き着くまで、リアシートではノーベル賞やら何やらと、妙に難しい話をしていた。

ていうか、組長は痛みで殺気立っていて、マジで恐い。

恐怖の診療所に到着し、俺が降りてインターフォンを鳴らした。どうやら今日は休診日だったところを開けてくれたらしい。

……商売熱心である。

俺たちは遠慮し、組長と遙さんだけが中へ入っていった。

そんな恐怖の館、なんか一歩足を踏み入れたら、ものすごい拷問器具にかけられそうだ。

一時間ほどして、遙さんに「よしよし」されながらもどってきた組長の、あまりにしおしおとうち萎《しお》れた様子に、俺は言葉もなかった。

……千住組の威信にかけて、他の組の連中には見せられない情けない姿だった。

11月10日

組長が部屋から出てこない。
なんか、親知らずを抜いたあとの痛みでのたうっているらしい。
不機嫌なのは恐いんだけど、まともに怒鳴れないので、平和と言えば平和だ。
遙さんが痛み止めを飲ませに、わざわざ出向いてくれる。
ありあとざーっす！
つーか、組長がだだっ子なだけなんだよな。

11月14日

「おいっ、アレ、どーなってんだよっ?」

と、このところ、兄貴たちにせっつかれてすごい困る。

俺に聞かれても、わかるはずないのに。

今日は、台所の横で部屋住みの連中が集まって昼飯を食っている時だった。

アレ、というのは、例の、組長の日記である。

まだ続いているのかどうなのか。何日分、書いているのか、だ。

……けどさー、よく考えてみたら、どうやって組長が何日分の日記をつけてんのか、なんて調べたらいいんだ?

まさか、本人には聞けないし、……すでにギブアップしたあとなら、うかつに聞けばキレられかねない。

日記帳なんて、普通、机の中にしまってるモンだし、さすがに俺も掃除の最中だって組長の机の中なんか手はつけない。

こっそりのぞいてみろよ、とか言われたが、――いやいやいやっ、バレたら恐すぎるっ。

多分、本当に重要なものは鍵付きの金庫とかに入ってるんだろうけど、そこそこの書類とか、現金とか？　チャカとか？　もあるかもしれないし、なんかあった時に疑われると困る……どころじゃない。ヘタをしたら命に関わる。

「じゃ…じゃあ、アニキ、探してくださいよっ」

「バ、バカっ、できるわけねーだろっ！」

つまり、そーゆーことだ。

「誰がネコの首に鈴をつけるかってことですよねぇ…」

オブサーバーのように聞いていた深津が、しみじみとつぶやいた（今日は若頭が本家に顔を出していたので、それについてきた深津も昼飯をお相伴《しょうばん》していたのだ）。

そう言われて、俺はちょっと考えた。

「顧問しかいないんじゃないっすかね？」

何気なく言った一言に、頭を集めていた兄貴たちの視線が一斉に集中した。

「そ、そうか…、顧問か」

「そうだよなっ、顧問に聞けばいいのか」

みんな、一気に盛り上がった。

そもそも組長は、遙さんにいいカッコをしてみせるために日記をつけ始めたわけで、だとしたら書いているところまでは自慢するために見せそうだ。

しかしやっぱり、誰が遙さんに聞くのか、という問題がある。

なにしろ、俺たち下っ端は——ていうか、下っ端に限らず、なんだろうけど——用がなければ、うかつに離れに近づいてはいけない身分だ。

遙さんは優しいんだけど、話しこんでるところなんかを組長に見つかったら、やっぱりヤバイ。

それが想像できるだけに、うーん…、と俺たちは頭を抱えてしまった。

「あ、じゃあ、俺、若頭に聞いてみましょうか？」

と、そんなヘイソクカンを打ち破るみたいに深津が暢気《のんき》に口を挟んだのだ。

「若頭が知ってんのか…？」

兄貴は懐疑的だったけど。

でも考えみれば、遙さんと若頭は仲がいいし、若頭が遙さんから聞いている可能性はある。

そもそも組長に日記を勧めたのは若頭なんだし、ちらっとそのあとを聞いてたって不思議じゃない。

というわけで、この日、若頭が本家から帰っていく時、俺たちはうちそろって玄関まで見送りに出た。

深津がリアシートのドアを開けて、若頭を待っている。

お疲れ様っした！　と俺たちが声をそろえて頭を下げ、見送ったあと、深津が、例によってのんびりと口をひらいた。

「あ、若頭、ちょっとお聞きしていいっすか？」

案外フランクな様子で口を開いた深津に、俺はちょっとギョッとした。

……こいつ、いつもこんな感じで話してんのか？　あ、案外、大物……？

「なんだ？」

足を止めた若頭が、ちらっと深津に視線を向ける。

「あの、組長って日記をつけてるんですよね？　あれ、まだ続いてるんですか？」

――ど直球だ。

うん？　という顔で若頭が深津の顔を眺め、そしてちらっと後ろを振り返って俺たちを見た。

俺たちは思わず、ビクッ！　と背筋を伸ばしてしまう。

そんな様子に、ちらっと口元で笑って、若頭が言った。

「いや、もうやってないようだな」

「えーと…、何日くらい書いてたんですかね？」

そんな深津の問いに、俺たちは思わず身を乗り出してしまう。

「五日分は書いたそうだ」

さらりと若頭が答えた瞬間、ぐぁっ、という声と、惜しいッ、て声と、やりっ！　という声が入り乱れて飛び出した。

俺は――金はかけてなかったわけだが、深津との昼飯勝負はある。

ぐはっ！　とのけぞって討ち死にした。

よしっ、とめずらしくテンション高く、深津が拳《こぶし》を握ってガッツポーズを決める。

「ほどほどにしとけよ」

そんな悲喜こもごもをちらっと眺め、さらりとそう口にすると、若頭がリアシートに乗りこんだ。

うーん、渋い。

多分、賭けのことも知ってたんだろーなー…。

ぼんやりと車を見送った俺の前で、ウィンドウ越しに深津が親指を立ててきた。

クソッ。珍来園《チンライエン》の黒酢豚定食、おごりかぁ…。

ま、それでも、横で地面をのたうっている兄貴たちよりはマシなのかもしれないけど。

11月15日

恐怖の館再び。

組長の抜糸の日だ。

見るも哀れな様子で、しょぼしょぼと組長が車に乗りこんでくる。遙さんも一緒だ。

まあでも、この間よりは歯の調子もいいらしい。

……ただ、歯医者に行きたくないだけで。

「もう痛みもねぇんだから、このままでもいいんじゃねぇのか…？」

往生際悪く、そんなことをほざいている。

「糸を残しておいたら感染の原因になって、またひどいことになるぞ」

遙さんに脅すように言われて、しょんぼりと口をとがらせたまま、おとなしく引率されていた。

やれやれ。

帰り道では、七割方、組長のＨＰ《ヒットポイント》が回復していた。

ま、いつもの組長にもどりつつあるということで、ちょっと安心ではある。

やっぱり組長のテンションが低いと、微妙に組の中の士気に関わるというか、いろいろと勢いつかないもんな。

……正直、多少、面倒ではあるんだけど。

つーか、一番、面倒なのは遙さんなんだろうな。通院中も面倒だった上、治ったら治ったで。

「騎乗位だからなっ、約束だからなっ」

ウキウキと声を弾ませる組長の横で、大きなため息をついていた。

……ご愁傷様です。

11月16日

この日一日、遙さんの姿を見なかった。
組長は昼前になって、上機嫌で離れから帰ってきたんだけど。
そして上機嫌で仕事に行った。
うーん。
必要なものがあったら、俺、買ってきますよ…？
と、今日の郵便物の上にメモでも挟んでみようかな。

11月30日

遙さん、家出中。
前のマンションに泊まっているのだ。
また何したんだ、組長…？
ここ三日ほど、昼間に組長はお詫《わ》び通いだけど、まだ許してもらえてないらしい。
ドアも開けてもらえないでいる。

なんか、ドアの前でちまちまメールのやりとりをしてて、それをじっと待ってなきゃいけない俺たちって……不毛だ。

12月2日

遙さん帰宅。やっぱり家出の原因は、大事な仕事の邪魔をされたことらしい。

まあでも、バタバタする年末前にもどってきてくれてよかった。

これから年末まで飲む機会も多くて（組長が、だ）遙さんにいてもらわないと、どうにもなんないからなー。

12月12日

事始《ことはじ》めの日。

カタギさんよりふた足くらい早く、業界では正月を祝う習慣だ。まあ、感覚的には忘年会みたいな感じ？

本家で千住組一門がうちそろい、組長へ挨拶をして、宴会になる。

といっても、正直、俺たちとしてはほとんど飲めないけど。本家部屋住みなので、お客を迎える側なのだ。

特に俺なんかは、運転手に回ることが多いわけで。もちろん、本家の宴会だから組長がここから車で出ることはないけど、舎弟の誰かの運転手に何かあった場合、俺が走らなきゃいけない。

まあ、保険てことだ。

あー…、年末。他にもやらなきゃいけないことがいっぱいあるんだよな。

12月17日

早々と知紘《ちひろ》さんと生野《いくの》が帰省してきた。

「お手数をおかけします、祐作さん」

空港まで迎えに行くと生野に落ち着いた様子で頭を下げられて、俺としてはちょっとあたふたしてしまう。

「お、おう…」

うーん、ひさしぶりに見ると、生野のスカーフェイスが迫力だよなー。なんか、負けてる感じ。

高校生の貫禄じゃねーよな。

実際、すれ違った連中が気づくとギョッとしたように振り返っている。

とはいえ、本人も、そして知紘さんもまったく気にしていなかった。

去年は生野が留学中で、知紘さんもどんよりしてたけど、今年は元気だ。

「とーさんには邪魔させないからねっ！　僕と生野はクリスマスデートだからねっ」

と、息巻いていた。セイシュンだなー。

つーか、生意気っつーかっ。

「ガキのくせに生意気なんだよっ、クリスマスデートとかっ！」

組長も拳を握って怒っていたが（なんか、組長と同レベルなのは、ちょっとショックな気も…）、
組長の場合、父親の立場からどうこうではなく、自分は遙さんに「クリスマスデート」とか言っても相手にされないから、八つ当たりをしているだけなのは明らかだ。

……なんつーか、子供と同じレベルで争わなくても。

12月23日

この夜、第何次かの親子間全面戦争が勃発していた。

どうやら、明日のクリスマスイブを控え、組長が生野をちょっと地方の組へ使いに出すことになったのだ。

「わざわざイブに使いに出すってどういうことっ？　そんなに僕たちの幸せを邪魔したいわけっ!?」

地団駄踏んで知紘さんがわめくのも、まあ、わからないでもない。なにせ、去年の今年だ。

「あー？　しゃーねーだろ。ヤクザにゃ、イブはかんけーねーの」

組長は耳の穴を小指でほじりながらしゃあしゃあと言っていたが、……まったくのところ、大人げない。

まあ確かに、使いの用事は用事で必要なことだったんだろうけど。

どうやら行き先は生野の実家の近くらしく、正月前に一回両親に顔を見せてこい、という組長の、多少屈折した親心？　でもあるらしいのだが。

例によって生野は、ちょっと困った顔で何も言えないまま、部屋の隅ですわっている。

まあ、そりゃ、何も言えないわなぁ…。

この激しい親子ゲンカの間では、まともに口を挟むのも難しい。

俺はそぉっとお茶出しだけして、そっと部屋をあとにした。

「とーさんなんか、トナカイに蹴られて死んじまえっ！」

その背中で、知紘さんの甲高いわめき声が聞こえ、そのままバタバタバタッ！　とすごい勢いで俺の横を駆け抜けると、どうやら玄関を抜けて、そのまま遙さんの離れへ駆けこんでいた。

あー…、遙さんに言いつけられるな。

12月24日

クリスマスイブ。

まっ、ヤクザにイブもクリスマスも関係ないけどなっ。……組長の言い草じゃないけど。

というわけで、通常の仕事モード。だけど、街は浮かれまくっている。

組長を車に乗せて、外回りから帰ってきた時、ちょうど酒屋の配達が本家に来ていた。年末から新年用に、大量の酒を発注していたのだ。

若い男の店員が、サンタのコスプレ、っていうほどじゃないけど、景気づけ？　なのか、サンタの帽子だけかぶっていた。

ふだん、こうした配達は勝手口の方で対応するのだが、今日は挨拶回り用の酒も頼んでいて、贈答の飾りがついたその分を玄関先の一部屋に運びこんでいたのだ。

「あっ…、どうもっ、……まいどっ」

いきなり現れた組長に、店員の方もあわてたようにうわずった声を上げる。

その店員を組長がじろじろと見上げた。

そして、にかっ、と笑うと。

「いいな、それ」

店員の頭を指して言った。

つまり、よこせ、ということだ。

「えっ？　あ…、ハイ…、どうも……」

しかしカタギの店員さんにはその符丁はわからない。

単に褒《ほ》められたと思っているのか、きょとんとした顔をしている。

俺はあわてて、組長の後ろから大きくゼスチャーをして店員に知らせた。

両手で頭の上の帽子を作り、それを組長に差し出すようにっ、と必死で伝える。

初め、バタバタと踊っているような俺に、なかば口を開けたまま首をひねっていた店員だったが、ようやく意図するところを察してくれたようだ。

「――あっ！　はいっ！　あのっ…、ハイッ、その…、よろしかったら、ど、どうぞ…っ」

あわててサンタの帽子を脱いで両手で差し出した店員に、「悪りぃなァ」と例のごとくまったく悪いとは思っていない口調と表情で――しかし愛嬌《あいきょう》はあって妙に憎めないんだけど――言うと、上機嫌でそれを受けとった。

それを片手でくるくると回しながら、玄関を入っていく。

残された俺と店員は、同時に、ハァ…、と肩から大きなため息をついた。

そしておたがいに顔を見合わせて、ハハハ…、とうつろな笑みを浮かべる。

「あっ、どうも、ご苦労様でしたっ」

そして帽子の礼もこめて、丁寧に挨拶する。

そう。カタギさんには丁重に。

「あっ、こちらこそっ」

おたがいに何度もペコペコしてから、俺も中へ入り、ちょうど出会った前嶋さんに、さっき組長が店員から帽子をカツアゲしたことを伝えておく。

わかった、と了承したように前嶋さんはうなずいてくれた。

店員には代金に色をつけるなりなんなりの返礼が行くはずだ。

真っ暗に日が落ち、八時前になって、俺は知紘さんを駅まで車で送った。

昨日はぷんぷん怒っていた知紘さんだったが、今は上機嫌だ。白いコートに赤いマフラーが目立ってやたらとカワイイ。

こんな時間だが、駅で帰ってくる生野と待ち合わせらしい。

どうやら昨日、あれから遙さんのところへ愚痴《ぐち》をこぼしにいった知紘さんは、遙さんからホテルの宿泊券をもらったようだ。それで、生野も遅い時間になってても帰ってきて、これから一緒にお泊まり、らしい。

……うっ、うらやましくなんかないけどなっ。高校生のくせにっ。

降ろしたあと、知紘さんはいいよ、と言ったが、そういうわけにはいかない。

俺は車で待機、そして一緒についてきた兄貴が、知紘さんが生野と合流するまで少し遠くから見届ける。

組長の方針では、生野がついていれば、生野の責任——、らしいので、それまでの間だ。

さすがに冷え込んできた夜更《よふ》けにようやく帰ってくると、俺は兄貴を先に降ろして車を車庫に入れていた。

と、その前をひょこひょこと組長が通って行った。

片手にワインみたいなボトルを抱え、厚手の丹前を着こんだ着物姿。そして頭には例の紅白のサンタの帽子——、という珍妙な姿だ。

うわ…、と思わず口を開けたまま、俺はその後ろ姿を見送ってしまった。

行き先はもちろん、遙さんのところだろうけど。

なんつーか、あきれられないといいけどなー。

まあ、今さらか。

つーか、自分だってしっかりイブを恋人と過ごすつもりなんじゃんか。

12月25日

クリスマス。だけど、日本では平日です。

昼過ぎても、組長は離れから帰ってこないけどなー。

通常の掃除をすませていたら、夕方過ぎ、若頭が本家に立ちよった。

でかい箱を持っているのが、なんなんだろう？　と思ったら、でかいクリスマスケーキだった。

部屋住みの連中で食え、という差し入れらしい。

うーん。リアルサンタさんだ。気配り細かいなぁ…、若頭。

「祐作さん、祐作さんっ」

感心していたら、ついてきた深津が手招きしてくる。

「これ、クリスマスプレゼントです」

よう、と近づいた俺に、にかっと笑って差し出されたのはストラップだった。……多分。

「……なんだ、これ？」

手のひらの上にのせられた小さなそれに、俺は思わずつぶやいた。

「キノコのストラップですよ。……あれ？　祐作さん、キノコ、好きじゃなかったです？」

「うん。いや…、まあ、嫌いじゃねーけどよ…」

つーか、これ、どう見ても毒キノコ…。

「食玩で入ってたんっすよー」

にこにこと深津が罪のない顔で笑う。

……ま、まあ、いいか。

「うん、ま、サンキューな。携帯につけとくわ」

と、若頭に呼ばれ、はいっ！　と深津が振り返って返事をする。

「じゃ、また！　よいお年を、祐作さんっ。あっ、初詣《はつもうで》、一緒に行きましょうっ。寒稽古のあとでっ！」

走り出しながら言われて、おう、と俺も手を振って返す。

……つーか、寒稽古？

あの、正月に海に入るヤツ？

げっ。そんなのやってんのか、あいつ…。

12月31日

大晦日《おおみそか》。夜の十時も過ぎて、ようやくちょっと落ち着いた。

兄貴たちも部屋にもどってきて、ビールを片手にテレビを見てる。

今年も終わりかぁ…。一年間、いろんなことがあったよなぁ。

遙さんがようやくアメリカからもどってきてくれたと思ったら、組長が撃たれたり。あ、でもそれで遙さんが本家に引っ越してきてくれたり。生野が顔にごつい傷を作ったり。

なんか、思い出すだけでなかなかハードな一年だった気がするんだけど、終わってみればあっという間なんだよな。

まー、俺としては必死に言われたことをやるだけだし。

けど、来年も部屋住みのままなのかなー。もうちょっと出世できんのかな。

つーか、後輩が欲しいよな。

深津は後輩っぽいけど、俺の直属ってわけでもねーし。

どうか来年もいいことがたくさんありますように！　お年玉、いっぱいもらえますように！

あ、日記のネタになるようなおもしろいことがいっぱいありますように！

……て、まあ、組長について行ってる限り、それだけは心配ないかもな。


押忍。指定暴力団神代会系千住組部屋住み、木野祐作っす。

なんつーか、若頭の狩屋《かりや》さんに勧められて始めた日記も、この春で丸二年だ。

うおぉ…。意外にがんばってんなぁ、俺。

我ながらちょっと感心する。正直、自分でもこんなに続くとは思ってなかったけど、やっぱりそこはネタが尽きないせいだろーな…。なんだかんだと毎日、組長はいろいろとやらかしてくれるし。……いや、その。

けど、俺も千住組にやっかいになって、そろそろ四年だ。なんつーか、いいかげん本家の部屋住みを脱却しねーとな。

とはいえ、今、俺が抜けると人手不足だし。今はほとんど俺が運転手してるし。

どっか他へ行ってもやることは一緒だろうし。一人でシノギってのも、大変そうだしなぁ…。

なんかこのまま、本家に永久就職しそう……。

や、永久就職とかいうと、なんか、俺がヨメに行くみたいだけど。

うーん…、できたら若頭の下に行きたいなーっ。若頭にだったら、オトコの操を捧げられる気がする…！

もしくは、このまま本家で古株になって、前嶋さんのアトガマを狙うってのもアリかな？

前嶋さんは、本家の内々のことをすべて仕切っている人で、幹部の一人だ。

……てことは、一生、組長の面倒を見ないといけないってコトで、……正直、それはちょっとツライかな……。

とばっちり、多そうだしな。

や、組長だって、決める時はぴしっと決める人だけどなっ。

とにかく新しい年の始まりだ。


今年もよろしくお願いさぁす！

1月1日

正月。元旦だ。

やっぱり一年の始まりは、なんか心が洗われるっていうか、改まった気持ちになる。

今年も一年がんばろう！　みたいな。

やっぱ、歴史のある？職業だけに、いろんなしきたりやら儀式やらで正月はいそがしく、組としての正月は先月の十二月中にすませてるんだけど、やっぱりカレンダーの正月は正月でそれなりにいそがしい。

ま、俺たちみたいな下っ端がいそがしいのは、むしろその正月準備の方だけどな。

挨拶まわりで客人が増えるんで、正月前には本家の中から外からまわりから、車までピカピカに磨き上げないといけない。

そんな大掃除だけでなく、門松《かどまつ》やしめ縄を設置したり、鏡餅《かがみもち》を飾ったりと、正月らしい仕度《したく》もある。

年が明ける三十分くらい前になると、全員が本家の広間に集まって蕎麦《そば》を食い、除夜の鐘を聞きながら、正月になったら盃《さかずき》で乾杯した。

「おめでとうございますっ」

と、全員で唱和して、組長から新年の挨拶がある。

まあ、身内だけって気楽さもあってか、

「ま、今年も一年、よろしく頼むわ」

という簡単な感じだけど、長々話されるよりはぜんぜんいい。

そして、若頭の方からは、

「今年は先代の十三回忌法要もある。各自いそがしくなるとは思うが、気を引き締めてやってくれ」

と、重々しいお言葉があり、ハイッ、と一同が背筋を伸ばした。

そして、俺たち若い部屋住みはお年玉をもらった！

組長からと若頭からっ。

……手配したのは、どっちも若頭かもしんねーけど。

組長から十万。若頭からは五万。

他にも前嶋さんとか、他の可愛《かわい》がってくれてる外の兄貴分たちからももらえる。中身はだいたい三万から一万くらい。

やっぱりこういうのは、立場で金額に差をつけてるんだろうな。組長の出した額を超えてもまずいんだろうし。

とりあえず、それから朝まではちょっと寝られた。六時くらいには起きなきゃだったけど。

寝る前、歯を磨いてたら、窓の外に黒い人影が横切って、ギョッとしてしまった。

――まさか泥棒!? こんな大晦日、……ていうか、新年早々、ヤクザの本家にっ？

て、一瞬思ったけど、よく目をこらしてみると、それは組長だった。いそいそと、離れの遙さんとのころに向かっているのだ。

組長の恋人ていうか、愛人ていうか、姐《あね》さん……ていうのか。

俺たちは、一応「顧問」と呼ぶことになってる遙さんは、組長の手綱《たづな》を締めることのできる唯一の人だろう。

若頭も組長の扱いはうまいけど、またちょっと違うんだよな…。若頭は組長の動きを先読みして、早め早めに手を打つ感じかな。遙さんは暴走した組長を、キュッ、と締めることができる感じ。

うん。二人でうまく分け合ってコントロールしてる気もする。

まあ、何にせよ、年越しで遥さんにちょっかいをかける気まんまんなんだろうな…。

大変だよな…、組長の恋人っていうのも。

だだっ子みたいなワガママを受け止めて、受け流して。マジで身体を張ってるよな。

でも、遥さんがいないと組長の機嫌は悪いし、俺たちじゃとても抑えきれないし。

……今年もよろしくお願いさっす！

あっ、遥さんからもお年玉、もらえるかなっ？


朝はなんとか六時に起きて、のろのろと仕度をし、朝飯を腹に入れて（おせちじゃないけど、お雑煮《ぞうに》はもらった。今日は腹にたまるもんじゃないとなっ）客人を迎える準備をしてると、八時前になって深津がやってきた。

若頭のボディガードをやってる男で、俺の唯一の後輩みたいなヤツだ。……俺よりずっとガタイはいいけどな。

若頭は大晦日の晩から本家に泊まってて、深津はなんか空手の道場の寒稽古があったらしく、それが終わってから顔を出したようだ。

「おはようございますっ、祐作さんっ！　――あっ、明けましておめでとうございますっ！」

すでに一汗流してきたらしい深津の、稽古さながらの腹から出る気合いの入った声に、「お、

「おぉぅ…」と俺はわずかに引き気味に返すのがやっとだった。

「ふつつか者ですが、今年もよろしくお願いしますっ」

「よ、よろしくな…」

――ふつつか者？　てなんだ。

ていうか、なんか、先輩の威厳が保てねぇ…。

……あれ？　もしかして、俺、先輩だったら、こいつにお年玉、やんなきゃいけないのか？

ま、まぁ、いいか。同じ部屋住みだしな。うん。

俺は、正月は朝から門のあたりに立ちっぱで、やってくる傘下の組長さんたちを出迎える役目だった。

なんで、深津が合流してくれたのは、かなりありがたかった。

仕事を半分まわせるし、客を待って立ってる間も、ダベって時間を潰せるし。

もちろん、今日は俺たちは全員、黒スーツの正装だ。

ぴしっとした着物で来る組長さんたちも多くて、やっぱり貫禄だったけど。

でも、この役目にはちょっと役得もある。

「おめでとうございますっ。本年もよろしくお願いいたしますっ」

と、挨拶した時、

「正月からご苦労やな」

と、懐《ふところ》からポチ袋を出してくれる組長さんたちもいるのだ。

なんだかんだで、正月の稼ぎ（？）は数十万くらいになる。部屋住みには固定給みたいなのがないから、これは結構な収入だ。

これで半年くらいは乗り切らないとなっ。

八時前になって、すでにぴしっとしたスーツ姿だった若頭とすれ違い、あわてて廊下の端によって「おはようございますっ」と声を張り上げる。

「おはよう。今日は客人に失礼がないようにな。――ああ、そうだ。離れから組長を呼んできてくれないか？　そろそろ仕度をしてもらわないといけないからな」

さらりと無理難題を押しつけられる。

ゲゲッ、と内心で思ったものの、ノーという返事はない。

しかし、遙さんとラブラブな年明けのところを邪魔したら、組長、機嫌悪いだろうなぁ…。

「あー…、離れにいるんですね…」

さすがに深津も察したらしく、ごつい肩を小さくすぼめた。

恐いけど、行くしかない。

二人でのろのろと離れへ向かい、おたがいに顔を見合わせて、仕方なく先輩の俺がインターフォンを押す。

しばらく返事はなかった。

しかしさすがに他でやるみたいに、ピンポン連打もできず、カップラーメンができるくらい、辛抱強く待つ。

と、ようやく、はい、と応答があった。

かすれててよくわからないけど、多分、遙さん……なんだろうな。

「あっ、あの…！　早くからすみませんっ。……その、組長はおられますかっ？」

舌を噛《か》みそうになりながら、俺はなんとか口を開いた。

「えっと…、仕度があるので、その、若頭が呼んでこい……じゃない、そろそろお帰りいただきたいとっ」

ようやく言い切った俺に、ああ…、と吐息のような声が返る。

『起こすよ。少し待ってくれるかな。……悪いね。ああ、中に入っててていいよ。寒いから』

インターフォン越しにそんな返事があり、俺たちはおずおずとドアを開いた。

本家の敷地内にあるこの離れは、ドアも窓も、基本的には鍵をかけていないらしい。

ただでさえヤクザの本家で、まわりの防犯システムも半端じゃないから、離れでわざわざ施錠する必要はないんだろう。

俺たちは「失礼します…」と口の中でつぶやいてから、そっと玄関先に腰を下ろす。

さすがに凍える外気が遮断されて、ホッと息をつく。

こういう気遣いができるところが、遙さんなんだよな…、やっぱり。

しみじみと思った。組長だったら、考えもしないだろうけど。

しかし、中へ入ったおかげで、二階からの会話も少しばかり耳に届く。

「ほら、柾鷹《まさたか》っ。早く起きろ。迎えが来てるんだぞっ」

「……んだよぉ…、ほっときゃいいだろ、そんなの……。それより、ほら、遙っ。新年一発目の姫始めをさ……」

「何が一発目だっ。ゆうべから何発出してると思ってるんだっ」

思わず、だろう、ピシャリと言った遙さんの言葉に、う…、と俺は視線を落としてしまう。

聞こえてるとは思ってないんだろうけど、……あからさま過ぎる…っ。

関係ないけど、妙にもぞもぞしてしまう。と思ったら、深津の方も立ったまま視線を漂わせてそわそわしていた。

「ゆんべは大晦日だろ？　姫納め？　で、正月の今日が姫始め〜」

組長が妙な屁理屈《へりくつ》をこねているのが耳に届き、どうやら実力行使に出たらしい。

少しばかりバタバタと足音やら、何かが落ちる音なんかが入り乱れてくる。

「——バカっ！　よせ…っ。——あっ…」

遙さんのあせった声が落ちてきた。

「ん…っ、あぁ…っ、……やめ……っ」

「ほらほら…、おまえのココはヤル気満々みたいじゃねぇか…？　ほら、乳首だってぷりっぷりに立って、なめて欲しそうにしてるぜ…？」

いかにも危うい遙さんの声と、にやにやと楽しげな、いかにもエロい組長の声。

「やめろっ、バカ…っ…――あぁ……っ」

……ホントになめた、んだろうか？

遙さんの高い声に、なんか居ても立っても居られない気持ちで俺は反射的に立ち上がってしまう。

けど、ハタッ、と深津と目が合って、あわててすわり直した。

いや、やっぱりここは先輩としては、落ち着いて、こんな濡《ぬ》れ場《ば》に動じないところをみせないとなっ。

聞こえてないふり……を必死にしようとしたが、聞こえるものは仕方がない。

「ゆ…祐作さんっ」

すわっていた身体が無意識に階段の方に伸びてしまう。思わず靴を脱ぎかけて、あわてて深津に引きもどされた。

「――一回だけっ。なっ、遙、あと一回だけやらせてくれたら、おとなしく帰るからさっ」

組長のねっとりとおねだりする声が聞こえてくる。

「ほら、おまえだってこんなにカラダを疼《うず》かせたままじゃ、あとがつらいだろ…？」

優しげに言いながら、どうやら力ずくと懐柔の両面から攻めているらしい。

「い…いいからっ、さっさと行けっ！　狩屋が待ってるんだろっ」

それでも必死に抵抗する遙さんに、組長がにやにやとした声で言った。

「わかった、わかった。早めにイッてやるから。な？　おまえの中でキュウキュウ締められたら、俺だってそう長くはもたねぇしなァ…」

「バ…バカっ！　そういう意味じゃ…っ。——んっ…、あぁ…っ、……やっ…、ダメだっ、そこは…っ」

組長の自分勝手な解釈に、抵抗しつつも遙さんの声は甘くかすれている。

「——ん？　ダメなのか？　おまえのココ、もうとろっとろだけどなァ…。——ほら、中も俺の出したヤツがまだたっぷり残ってるぜ…？」

「やっ…、あぁぁ……っ」

「すげぇもの欲しげにヒクヒクしてっけどなァ…？　いらねぇのか？」

ねちっこく、楽しげに組長が尋ねている。

「な…？　俺の、欲しくねぇのか…？」

遙さんがなんて答えたのかは、残念ながら聞こえなかった。——ちっ。

……あ、いや、うん。うかつに聞こえたりすると、あとがヤバいか。

「んっ…、すげぇな……。——あぁ…、いいぜ…、おまえの中……」

けど、満足そうな組長のかすれた声が聞こえてくる。

「……ほら、もうちょい我慢しろ。もっと奥まで突いて欲しいんだろ…？」

あとはもう、断続的なあえぎ声と息遣い。せっぱつまった悲鳴と、甘い嬌声だけが時折、耳に飛びこんでくる。

なんかもう。

「す、すいませんっ、俺、ちょっと」

辛抱できなくなったようで、深津があわてて靴を脱いで廊下へ上がり、トイレへ駆け込んだ。

その後ろ姿を呆然《ぼうぜん》と見送り、けど、俺は笑うどころじゃない。いや、あと一分、深津が我慢してたら、俺の方が危なかった。

よ、よかった…。なんとか先輩の意地が守れて。

結局、組長が下りてきたのは、それからたっぷり三十分以上もたってからだった。

「おっ…おはようございますっ」

「おう」

二人そろって玄関先で頭を下げた俺たちに、鷹揚《おうよう》に組長が返してくる。

寝衣にどてらを羽織った格好で、ボリボリとだるそうに頭を掻きながら、しかし機嫌はよさそうだ。顔はへらへらと笑み崩れている。

……そりゃ、そうだろう。

「あー…、今年はいい年になりそうだなァ…」

顎を撫《な》でてスタスタと母屋《おもや》の方へ歩いて行く組長のあとからついていきながら、俺はそっと離れを振り返った。

——すいません、遙さん……。

組長をなんとか若頭に引き渡し、九時前くらいから、俺たちは門の側で待機していた。

九時を数分まわって、最初に門から入ってきたのは、知紘さんたちだった。

地方の全寮制の高校から帰省中の知紘さん——組長の一人息子だ——と、その守《も》り役の生野は、そういえば、大晦日の真夜中前にいそいそと二人で出かけていったのを、俺も見かけていた。どうやら近くの神社に初詣に行ったみたいだ。

知紘さんは白いマフラーと手袋で、なんか、白ウサギみたいだった。

高校二年なんだけど、小柄で華奢《きゃしゃ》っていうか、線が細くて、女の子みたいな華やかな顔立ちなのだ。

……うーん、やっぱりあの野生丸出しの…、ええと、男っぽい、あ、男らしい、だ、組長の息子とは思えない。

あ、でも、中身は時々、組長っぽい、って思うこともあるな。……ワガママなとことか、大雑把なくせにシビアなとことか。

姐さん、ていうか、知紘さんの母親ってどんな人だったんだろ？　知紘さんを産んですぐに消えた（逃げた？）って聞いたけど。

でも逆算すると、組長が中学卒業した時くらいの子供なんだよな…。真剣に考えると、ちょっと恐い。

や、だって、俺に十歳くらいのガキがいるって計算だ。

いや…、ないない。無理無理無理。

生野は生野で、なんつーか、高校生離れした迫力っつーか。やっぱ、頬の刀傷のせいもあるんだろう。ざっくりコートを羽織っただけの格好だったけど、とても高校生には見えない。

むしろ、俺より年上に見えるんじゃね？

背だって、俺より高いしなぁ…。

いや、礼儀正しくて、仕事も手伝ってくれるし、いいヤツなんだけど、ちょっと腰が引ける。

「あ、お疲れ様です。……ええと、明けましておめでとうございます」

俺たちに気づいた生野が、丁寧に頭を下げてくる。

「おめでとーっ」

そして、厳かな正月の空気を吹き飛ばすような、知紘さんの明るく弾んだ声。

ずいぶんと機嫌がいい。組長並だ。

「あ…、うん。おめでとう……ございます」

生野に対しては年上だが——ヤクザのキャリア的には生野の方が長いのだが——知紘さんに対しては、やはり敬語にならざるを得ず、妙な言葉遣いになってしまう。

「あっ、もう誰か挨拶、来た？」

くるっと丸い目で聞かれて、俺はあわてて首を振る。

「いえ、まだ誰も……」

「よかったーっ」

ホーッと知紘さんが長い息を吐いた。

「なんか、あっちこっちの組長さんに、僕も挨拶させられるんだよねぇ…。九時までに帰ってこいって、狩屋に言われてたし」

そういえば、見るからに可愛らしい容姿の知紘さんは、年配の組長さんたちのアイドルらしい。

「まっ、お年玉、いっぱいくれるからいいけどねっ。もらってあげるのも礼儀だしねっ」

……うっ、うらやましい……っ。

つらっと言った言葉に、俺は思わず拳を握る。

傘下の組長たちから知紘さんへのお年玉なら、きっと一人、三万か五万くらいはあるんだろうなぁ…。

そういえば、知紘さんのお小遣い体制ってどうなってるんだろ…？　寮生活だと、あんまり使わないのかな？　なんか、組長があげてるとことか、見たことないけど。

「これ、使ってください」

と、別れ際、生野が持っていたビニール袋を差し出してきた。中身は使い捨てカイロと温かい缶コーヒーだ。

うん。やっぱり気のきくヤツだ。

なんせ、門のところで出迎えの役目だった俺たちは、スーツに襟巻《えりま》き、なんて格好はできないし。深津と二人、首を縮めて、凍える手をこすりながら足踏みしてたのだ。

それにしても、二人が出かけたのが前夜の十一時で、帰ってきたのは、朝の九時過ぎ。つまり、約十時間後だ。

……そんな長い時間、どこで何してたんだろ……?

まあ、高校生だと、何をしてても楽しい時間なんだろうけどなぁ…。

それからあとは、三々五々に年始まわりに来る組長たちを奥へ案内し、お見送りする、というコースを何往復もする。

お昼を過ぎて、へとへとになった頃にようやく交代してもらって、台所の横で昼飯を食う。

ひと休みしてから、俺は遙さんのマンションへひとっ走りして、年賀状をとってきた。

遙さんは、一応、本家の離れに住んでいるんだけど、住民票とかはまだ前に住んでいたマンションに残しているらしい。そっちは仕事場というか、組長からの避難用というか、家出用(?)のようだ。

「ああ…、ありがとう」

現れた遙さんは寝起きだったらしく——あれから寝直したんだろう——正月からけだるげで、凄絶《せいぜつ》に色っぽかった。思わず生唾を飲んでしまう。

しかも首筋あたりのキスマークが、結構すごい。三、四カ所はくっきり見える。

……まだ本人は気づいてないみたいだったけど。

なんつーか、正月から大変だよなぁ…、遙さん。

や、俺たちもタイヘンだけどな。

年始まわりの攻勢が落ち着いて、ようやく一息ついたのは、すでに夜更けだった。

何人かが、尻を落ち着けて飲んでいたのである。

組長も挨拶に誰かが来るたびに盃を交わすので、この時点ですっかりできあがっていた。

「——よしっ。遙んとこ、行くぞ——ッ」

勢い込んで声を上げた組長に、俺はちょっと青ざめた。

——ヤバい……。

こんな酔っ払って押しかけたら、さすがに遙さんを怒らせかねない。

組長に反省をうながす意味で（?）遙さんがまたしても家出をしてマンションの方へ移る事態

になりかねず、そうするとまた組長の機嫌が悪くなる。そして、間違いなく俺たちにとばっちりがくる。

……という展開が、そろそろ俺にも読めていた。

まったくの自業自得なのだが、まわりに当たり散らすのである。

危機的な状況だったが、さすがにそこは若頭だ。

「今日はもう休まれた方がいいですよ。明日は遙さんと初詣に行かれるんでしょう? 遙さんももう寝てらっしゃるでしょうし、起こすと怒られますよ。明日は一緒に行きたいんでしょう?」

「うーん…? うん。うん。そーだなー…、明日は遙と初詣なんだよなっ」

遠足前の子供みたいにウキウキと組長が言い、満面に無邪気な笑みを浮かべる。

「でしたら、もう今日は寝た方がいいですね。……さあ、二階へ上がりましょうか」

ゆらゆらと揺れる組長の身体を支え、誘導しながら若頭が言い聞かせている。

——おかーさんだ……。

ホッと胸を撫で下ろすとともに感心していた俺に、若頭が目配せし、あわてて俺と深津とで左右から組長を支えて二階へ連れて行く。

重い身体をドサリとベッドに落とし、肩で息をついた。

「ご苦労だったな。……ああ、深津。玄関に車をまわすように言ってくれ」

若頭の指示に、はいっ、と深津が飛んで行く。

「組長はこのままでいい。おまえももう寝ていいぞ。……ああ、明日のことは聞いているか？」

聞かれて、はいっ、と俺はうわずった声で答えた。

明日は組長が近くの神社に初詣に行くのに、俺たちはお供《とも》、というより、ちょっと離れたところからのガードにつくことになっていた。

どうやら遙さんと一緒に、ヤクザ色を消してお忍びで行くらしい。まあ、近隣の皆様にご迷惑をかけないように、という配慮だ。

「頼むぞ。俺は午後になってから一度、顔を出す」

低く言われて、もう一度、はいっ、と背筋を伸ばして答える。

――やっぱり、若頭、渋い…っ。

若頭も、組長と一緒に年始の挨拶を受けていたから、同じくらい飲んでいたはずだけど、まったく乱れた様子はない。

やっぱ、さすがだなー。

ていうか、若頭も正月からフル始動だよなぁ…。

ともかく、今日はこれで打ち止め。

ようやく今年の元旦も終わった。

長い戦いだった……。

1月2日

二日の日は、元日よりはもう少しまったりした空気だった。

……はずなのだが、この日は朝から戦慄《せんりつ》が走った。

前嶋さんが一枚のハガキを持って、部屋住みの連中が集まっていた台所横の部屋へやってきたのだ。

この時期だ。前嶋さんの手にしていたハガキは、当然のように年賀状のようだった。

赤い「年賀」の文字が見える。

宛名は組長だ。

「皐月先生からの年賀状だ」

その言葉が耳に届いた瞬間、ピキッ…！と空気が固まった。

皐月先生、というのは、学校の先生ではなく、「吉永歯科クリニック」というところの歯科医である。若先生だ。

昔から千住組の御用達というか、行きつけというか、ヤクザを嫌がらず見てくれる、腕のいい歯医者のようだが——。

性格が恐かった。

眼鏡《めがね》をかけたインテリっぽい風貌《ふうぼう》で、白衣の歯科医。いかにもドSっぽい風情で、その実、筋金入りのドSである。

……そのまんまだ。

去年は組長が泣きながら帰ってきた。

……イメージでは、そんな感じだった。

まさに牙《きば》を抜かれた狼みたいに打ちしおれて。

それだけで、皐月先生の底知れない恐ろしさは想像できる。

俺はまだ診療室に入ったことはないのだが、その恐怖体験は兄貴たちから聞いてよく知っていた。……できれば一生、関わりたくない。

「年賀状に治療途中でほったらかしのヤツのリストが添えられてたぞ。松の内が明けたら、きっちり行ってこい」

厳しい目で釘を刺される。

そして、前嶋さんはリストの名前を順に読み上げていった。

一人、名前を呼ばれるたび「ギャッ！」「ぐぁっ！」「ゲッ！」とカエルが踏みつぶされたみたいな声がもれる。

……無理もない、と思うけど。

その青ざめて引きつった顔を横目にしながら、俺は心の中で十字を切っていた。

――アーメン。


組長が十時前になってのんびりと起き出し、着物に着替えて遙さんと初詣に出かけて行った。

家の中ではいつもだらしないナマケモノな組長だけど、着物姿は案外パシッと似合っている。

遙さんは普段着にコートを羽織った普通の格好だったけど、並んで歩いてるのは妙にしっくりしていた。

ゆうべの若頭の助言のおかげで、どうやら遙さんもつきあってくれるようだ。

組長は片手に清酒の一升瓶を二本、つり下げている。

本当なら俺たちが持たなきゃいけないんだけど、今日は遙さんと二人の初詣デート気分なのか、「ボディガード」としての俺たちは、ちょっと離れたところからついていくことになっていた。

元旦ではないが、やはりそこそこの人混みで、見失わないようにするのは大変だった。

お参り前に、組長は社務所をのぞいて、宮司《ぐうじ》に酒を渡していた。七十近そうな年をとった宮司だが、皺《しわ》だらけの顔で笑いながら組長と話しているのは、なんか、さすがだ。年の功なのか、やっぱり神主《かんぬし》くらいになると違うのか。

もっともこの神社は、千住としては産土《うぶすな》様になるわけで、代々のつきあいがあるらしい。

遙さんは、そんな様子を興味深そうに眺めていた。

一緒にここにお参りに来たのは初めてだったかな？　あっ、夏祭りに来てたっけ。

初詣のあとは、縁日も出ていて、組長は焼きもろこしなんかかじっていた。

案外、無邪気でカワイイとこもあるんだよなぁ…。

1月13日

あっという間にお正月気分も抜け、バタバタした日常がもどっている。

なんだけど、この日は組長も外での仕事がないみたいで、本家でのんびりしていた。

めずらしく遙さんが母屋の方に来ていて、なんだかもらい物のコーヒーの飲み比べ？みたいなことをしていた。

組長の機嫌もよく、俺としても平和な時間だ。

が、世の中はそれほど平和でもなかったらしい。

俺がちょうど、空いたコーヒーのカップを片付けに居間に入っていた時、若頭が顔を見せた。

ほとんど毎日、若頭は本家へ足を運ぶし、泊まっていくことも多いので、別にめずらしいことじゃない。

むしろ遙さんがこっちにいることの方がめずらしく、「飲んでいかないか？」と気軽に声をかけた遙さんの顔を見て、いつになくとまどったようだった。

「ああ…、ええ。ありがとうございます」

それでも落ち着いて、空いていたソファに腰を下ろす。

「どうした？　何かあったのか？」

組長がちょっと怪訝《けげん》そうに尋ねたのに、若頭が少しばかりためらうようにしてから、口を開いた。

「……いえ、うちに問題はありませんが。深高是伸《みたかよしのぶ》が死んだそうです」

あまりにもさらりと言われ、一瞬、俺は意味を取り損ねていた。というか、正直、ピンとこなかった。

――死んだ？　深高…って、誰だっけ？

という感じだ。

けど、さすがに組長の反応は早かった。

「深高組の…、跡目の？」

眉《まゆ》をよせて確認した組長に、ええ、と若頭がうなずく。

「組対の氷上《ひがみ》とやり合って、……というか、奪い合いになった銃の暴発みたいですね」

「氷上とか？　そりゃまたどっちにとっても運がなかったな…。是伸なんぞは、ソツがねぇ、強運そうな男だったが」

組長が目をすがめるようにして、顎を撫でる。

「そうか…、死んだのか」

そしてめずらしくシリアスな顔でぽつりとつぶやいた。

「そろそろニュースでやってるかもしれませんね」

そんな言葉とともに若頭の視線が向けられて、俺は弾《はじ》かれたみたいにテレビのリモコンに飛びついた。

電源を入れ、いくつかチャンネルを変えて、ニュースをやってそうなところに合わせる。

その頃になってようやく、深高組か！　と思い出した。一永会《いちえいかい》――千住が属する神代会とは敵対関係にあるところの組だ。

やがて「今、入りましたニュースです」とアナウンサーが事件を読み上げた。

若頭が言っていた通り、どうやら深高組が海外のバイヤーと何かの取り引きの最中、飛びこんだ警察官と揉み合いになって銃が暴発したらしい。

今日の夜、警視庁で会見が行われる模様です――、という言葉でそのニュースがいったん締めくくられる。

「跡目争いがまためんどくさいことになりそうだな…」

組長が眉をよせ、低くうなった。

「暴発……」
遙さんが硬い表情でつぶやく。
やっぱり遙さんとしては、組長に置き換えて考えてしまうんだろうか。
実際、いつ、組長の身に起こってもおかしくないんだろう。
……ていうか、遙さんも案外、ちゃんと組長のことを心配してるんだな……。
なんとなく感動というか、ちょっとほっこりしてしまう。
投げ出されたままだった遙さんの手を、組長が軽くぽんぽん、とたたいた。
「バーカ。つまらねぇ心配すんなよ」
ハッとしたように顔を向けた遙さんに、組長がニッと笑う。
そして遙さんの耳元で、組長が何かささやいた。
瞬間、遙さんの顔がちょっと赤くなり、横目に組長をにらみつける。
だけどそれで、やわらかく空気が緩んだ。
……組長、何て言ったんだろ？
カップを下げながら、俺は悶々《もんもん》としてしまった。
――すげー気になる…っ。
き、聞けないけどっ。

押忍。指定暴力団神代会系千住組部屋住み、木野祐作っす。

さーむーいー！　寒いッッ！

めでたく年が明けてもやっぱり寒い。

今朝の気温は氷点下だ。朝、顔を洗いたくないくらいだけど、前にうっかり寝坊したアニキが顔を洗わずに挨拶に出て、若頭から腹に膝蹴《ひざげ》りを食らったことがあったらしい。手加減してくれたのか、骨が折れるほどではなかったみたいだけど、胃液を吐いて転がりまわったとか。とてもチャレンジする気にはなれない。

とはいえ、庭掃除も門前の掃除も、外で立ってるボディーガードもツライ季節だ。

うおおっ。やっぱ、どっかで隙《すき》を見てダウンジャケットとか、買いに行こうかなあ。てか、もうちょっと待ってたらセールになるのかな？

でも考えてみたら、庭掃除も門前の掃除も、外で立ってるボディーガードも、夏は夏でツライんだよなー。

……あ。ヤバい。思考がちょっと組長に似てきたかも。

千住の組長はなんつーか、暑がりだし、寒がりだし、春秋は鼻がむずむずするとかで、ホントにもー適温のない人なのだ。常に文句を垂れている。

逆に若頭は、夏でも冬でもいつもきっちりしたスーツ姿で、涼しい顔をしてるんだよな。さすがだ。

あー、でもホント、ココロも寒いし、カラダも寒いし、フトコロも寒い。あ、今はまだお年玉が残ってるけど。

何かあったまること、ないかなぁ。

1月15日

今日は深津の通ってる空手道場で寒稽古があった。

や、本来俺とは何の関係もないんだけど、この日は車で深津を拾ってから若頭を迎えに行くことになっていた。深津は数少ない俺の後輩なんだけど、若頭のボディガードをしている。けど、車は運転できないのだ。

若頭も空手をやっていた関係で、深津の道場通いを認めてるみたいだ。同じ道場なのかな。

それがまた朝早くて、俺は凍えそうになっていた。なにしろ道端にはゆうべ降った雪が残っているし、日陰の路面なんかスリップしそうで恐い。

とりあえず駐車場に車を駐めて、ジャージの上をかき合わせながら、道場の方に行ってみる。と、さすがに朝っぱらから威勢のいいかけ声が飛び交っていた。ドドン、と床を踏みしめるような重い音も腹に響き、なんか道場、って感じがしてくる。

あとどのくらいだろ、と思いながら、ひょいと窓から道場の中をのぞくと。

——うーわ。すっげー。

寒々しい道場の中で、白い息を吐きながら二十人ほどが稽古に励んでいる。

五歳くらいの男の子から、七十近そうなじいさんまで、かなり年齢は幅広い。

その中で深津はひときわ目立っていた。

若くて図体がでかいせいもあるんだろうけど、動きが大きくて、こう、ピシッ、と鋭く決まっているのだ。相手の頭上近くまで振り上げた足が、ピタッと止まっているのがすごい。

組手の相手は深津より年上で、刈り上げのガタイのいい男だった。マル暴にいそうな感じだ。

二人は互角にやり合っていたが、ちょっとばかり深津の方が強そうだ。表情も精悍《せいかん》に引き締まっていて、ふだんのほのぼのしてる深津からあんな気迫が出るのが驚きだ。印象が全然違っている。

……うん。おとなしいいし、気を遣ってくれるいい後輩なんだけど、とりあえず怒らせるのはやめよ。

しばらくしてから、号令とともに全員が裏の庭に出た。まだ雪の残っている地面の上に、裸足《はだし》のまま、きれいに整列した門弟たちがバッと胴着の両肩を脱ぎ捨てる。

寒風吹きすさぶ中で、さすがに寒そうだ。いやまあ、だから寒稽古なんだろうけど。

「深津!」

と師範? だろうか、七十過ぎで小柄なんだけどいかにも迫力のあるじいさんが名前を呼び、はい! と深津が返事をする。

そして一礼して、なにやら大きな声を張り上げる。外国語みたいでよくわからない。

しかし続く深津の掛け声と動きに合わせ、いっせいにみんなが同じ動きを取り始める。形、みたいなもんだろうか。

一連の流れから最後は礼で締め、続いて「正拳、小宮山《こみやま》!」とじいさんの声が飛ぶと、今度はさっき深津の相手をしていた男の号令で、いっせいに両足を踏ん張った状態から、一同が正拳の突きに入る。

腕を突き出してるだけなんだけど、やっぱりかなりの迫力だ。

そしてやはり礼で締め、ありがとうございましたっ! の大合唱で一気に空気が緩む。どうやら稽古が終わったようだ。

胴着を着直した深津が、さっきの男と二、三言話し、師範らしいじいさんに挨拶し、小学生くらいの男の子たち数人とじゃれ合ってから、ふと庭をのぞきこんでいた俺に気づいた。あわてて駆けてくる。

「すみませんっ。お待たせして」

「や、もういいのか?」

胴着一枚で、何か身体から湯気の出てそうな深津に比べ、しっかり着込んでいるわりに寒さに首を縮めている自分がちょっと情けなかったが、そこは先輩だ。鷹揚に尋ねた。

「ハイ。あ、でも今から鏡開きしたお餅でぜんざい、するんですよー。祐作さんも食べていきませんか?」

「えっ、マジ?　いいのかっ?」

俺は思わず飛びついてしまった。あんこ系の甘いやつは意外と好きなのだ。

他にも子供の保護者とかも顔を出していて（ていうか、その保護者が作ってくれたらしい）部外者もお相伴にあずかれるらしい。

今年初めてのぜんざいは、甘さが身体に沁《し》みこんでいく。ほこほこと気持ちまであったまる。

うん。いいかもな、寒稽古。や、俺は絶対やりたくないけど。

「ていうか、おまえさ、寒くねぇの…?」

車に乗りこんで若頭の事務所に向かいながら、着替えて助手席についていた深津を横目に、俺は思わず聞いていた。

深津はいつものジャージにTシャツ。上にはウィンドブレーカーを羽織っているだけの薄着だ。寒さに強いのかな。

「あー、ほら、アレですよ。しんとうをめっきゃくすればひもまたすずし？　うちの先生がよく言ってんすけどね」

「……ナニ、その呪文」

どうやら漢字だと、「心頭を滅却すれば火もまた涼し」らしい。うーん。若頭もそれを体現してんのかなー。

「あのちっこいじいさんが師範？」

「そっすよ。あれですごい人なんですよ、あの先生。頭《カシラ》の師匠ですし、俺の恩師でもあるし」

「恩師？」

「俺も昔はイロイロあったんで」

首をかしげた俺に、深津がへへへ…、といつものような緊張感のない顔で笑ってみせる。

イロイロ……あったんだろうなぁ。そりゃ、ヤクザになるくらいだ。聞きたいような、聞かない方がいいような気もする。

「祐作さんにも恩師の先生ていますか？」

無邪気に聞かれ、俺はちょっと考えこんでしまった。

恩師。恩師かぁ…。印象に残ってる先生といえば、定時制の時の担任くらいだろうか。四、五十くらいの飲み屋のおっちゃんみたいな感じで、授業のあと（夜だ）何となく帰りたくない時とか、まったり話し相手になってくれていた。飯をおごってくれたこともあったし、タバコを見逃してくれたこともあったし。ビールくらいはちょこっとごちそうになったりとか。今なら、キョーイクイインカイとかうるさいんだろうけど。

「ま、無理せず、自分のペースで自分の決めた道をまっすぐ進めよ」

そんなふうに肩をたたいてくれた。

――自分の決めた道、って……ヤクザ？

よかったのかな？

……うん。まあ、何にせよ、早起きして掃除するのは悪いことじゃないよな。

1月16日

今日は「千住組いっせい歯医者の日」だった。

数日前から予告されていたこの日は、「恐怖の一．一六」として、組員たちの間でぶるぶるしながらカウントダウンされていた。

なんか、百物語でろうそくの火を一つずつ吹き消していく心境？　なのか？

千住組には「吉永歯科クリニック」という、先代からの行きつけの歯医者があり、現在は皐月先生という、若先生がほとんどの患者を受け持っている。

いや、腕はいい。腕はいいみたいなんだけど――。

この方が、痛みに泣き叫ぶ強面ヤクザの顔を見るのが大好物という、きれいな名前で性格はドSという、恐怖のお抱え歯医者なのである。

年明けの年賀状で、治療を途中で放り出した「要治療」組員たちの名前がリストアップされて来たんだけど、その死刑執行日……いや、治療日が確定されたわけである。

一般客のご迷惑にならないよう、この日は組員だけが来院するらしい。

若頭からも、舎弟頭（に就任した）前嶋さんからも、「きっちり行けよ」とクギを刺されてしまっては、舎弟たちに逃げる場所はない。

リストアップされていたアニキたちは日に日に顔色が悪くなり、食欲が落ち、歯医者以前に別の病院に行った方がいいんじゃ…？　と心配になったくらいだ。

「おっ、俺は違う！　俺はいいんだっ！　今日は俺じゃねーのっ！　俺はこないだ、治療、すんだんだよっ！」

と「歯医者の日」を耳にしたらしい組長は、別に聞かれてもいないのに、柱にしがみつくような勢いで言い訳していた。

去年の秋頃、虫歯を悪化させた組長は皐月先生の餌食になり、……なにやら恐ろしい目に遭ったらしい。いや、密室の中の出来事だから、よくわかんないけど。

でもそのあとは、しばらく遙さんに優しくしてもらって、ちょっとご機嫌だった。安上がりな人だ。

俺は今のところ芸能人並に歯は完璧！　……なはずだったんだけど。

どうやら前嶋さんとの事前の打ち合わせ（何のだ…？）で、一度も顔を見せていない人は検診に来なさい――という通達がなされたらしく、俺もとうとう皐先生の網にかかってしまったのである。

前にアニキの付き添いで行った時はなんとか逃れたんだけど、やっぱり千住組に籍がある以上、逃れるすべはないようだ。

とはいえ、全員が同時に治療できるわけじゃなく、あらかじめ綿密なタイムスケジュールが組まれていた。

治療の度合いによって、朝の十時から昼休憩を挟み、夜の八時まで。一時間ごとに、三人から五、六人。

その時間に病院に行かなければならないのだ。

なんか、すごい計画性を感じる。完全犯罪とかやらせたら、ホントに完璧そうだ。

……とか思っていたら。

「あったよね、刑事ドラマで歯医者が患者を殺す話。虫歯の治療か何かで、歯の詰め物に毒を仕込むんだよね、確か」

ゆうべめずらしく母屋の方に来ていた遙さんが、若頭とリビングで楽しげにそんな話を始めたもんで、その場にいた組員たちは凍りついてしまった。

「ああ、大丈夫だよ。古い話だから。今ならそんなやり方じゃ完全犯罪と言えないし、毒物の痕跡が体内に残るだろうからね」

あはは、と軽やかに笑って言われたが、……いやいやいやっ！　完全犯罪であろうがなかろうが、死んだら終わりだしっ。

なんか遙さんって時々、天然にコワイ。

検診組の俺は深津と一緒だった。深津もどうやら初検診らしい。

指定の時間に待合室へ入ると、すでに来ていたアニキたちや、前の組のアニキたちが沈痛な表情ですわっている。なんか、お通夜《つや》の席みたいな静けさだ。

……と思ったら、いきなり中の治療室から、「うがァァァァァ！」と野太い野獣の叫びがドアをぶち破るような勢いで響いてきて、待合室にいた俺たちはいっせいに、ビクッッ！　と背筋が伸びた。

「なんですか、この程度の虫歯で大の大人が。あなた、ヤクザなんでしょう？　タマ、潰されてるんですか？」

さらに容赦のない声がピシパシと響いてくる。

――ヤ、ヤクザ・ハラスメントだ…。

知らず背中に冷たい汗が流れた。

「さ、いきますよ。ちゃんと口、開けててくださいね。針が舌にぶっささってても知りませんよ」

——ヒ——ッッッ！

「麻酔？　必要ないでしょう。あなた、身体に墨は入れてないんですか？　あれほど痛くはないですよ」

——ギャ——ッッ！

「口を開けろと言ってるでしょう！　できなければ、ここのほっぺたにでかい風穴を開けたげますよ」

——別の治療が必要になるんじゃ…？

「これは……、いいですねぇ。この親知らず。真横に生えてますし、かなり大きい。抜きごたえがありそうですよ」

わくわくと楽しげに弾む声が、陰気な待合室にさらに暗い影を落としていく。

先に待っていたアニキがそっと自分の頬を手のひらで押さえ、涙目になっていた。

やっぱり親知らずなんだろうか。

ううっ。実は俺もまだ親知らず、抜いてないんだよなぁ。てか、もう生えないよな？　みんな生えるもん？

診察室から出てくるアニキたちは、もれなく屍《しかばね》だった。見るからに魂が抜けている。

なんかもう、見てるだけでヘタなお化け屋敷よりぜんぜん恐い。

「……俺、歯は結構丈夫なんだけどな。ほら、あのかったいあずきアイスとかもバリバリ食えるし」

大丈夫。大丈夫だとは思うが、やっぱり待合室では落ち着かず、そわそわとそんなことを口走ってしまう。

「あー、歯は白いですもんね、祐作さん。俺、歯は昔、ちょっと悪くしたこともあったんですよね。ほら、空手で歯を食いしばることとか多かったから」

横で興味深そうにきょろきょろしながら深津が答える。

「おまえ、平気そうだな…？」

うかがうように聞いた俺に、深津がニカッと笑った。

「俺、歯医者って案外、嫌いじゃないんですよね。こう、無防備に命を預けてる安心感ていうんですか？　それに治療が終わったら、すごい健康になったなって気がするじゃないっすか」

——あんしんかんっ!?

アニキたちの悲鳴と苦悶と憔悴《しょうすい》を目《ま》の当たりにして、よく言えるな!?

と、わめきそうになったが、ちょうどその時ドアが開き「木野さーん」と軽やかに助手？　歯科衛生士？　のお姉さんに呼ばれ、「はははいっ！」と思わず起立してしまった。

「右側のお席にどうぞ～」

と、にこやかに示される。

二十歳過ぎで、同い年か、一つ、二つくらい上なのかもしれない。マスクなんでよくわからないが、なかなか美人で人当たりも良さそうなお姉さんだ。なのだが。

……正直、あの皐月先生の助手で、ヤクザを相手にこの明るさというのがかえって恐い。なんか、こっそりと行灯《あんどん》の油をなめてそう、というか、夜《よ》な夜《よ》な包丁を研いでそう、というのか？

おそるおそる入った診察室は、……なんだろう、一種異様な空気感だった。

さすがに明るく清潔な空間で、先生も助手さんたちも朗らかで。対照的に診察台に横たわるアニキたちの緊張感と悲壮感がハンパない。拳を握りしめ、顔を引きつらせ、冷や汗を流している。

俺はギクシャクと空いている治療台についた。

なんだろ…、ギロチンってこんな感じ？

「はい、じゃあ、イス、倒しますねー。タオル、いいですか？」

マスク美人に顔にタオルを乗せられ、視界がふさがれて耳だけの情報になると、隣から聞こえてくる声にさらに恐怖が募る。

「……ええと、奥の虫歯ですね。じゃ、治療を始めますから、痛かったら左手、上げてくださいねー。ま、治療が長引くだけですけど」

——はうぅっ。

「あ、お漏《も》らししちゃいましたか？　はっはっはっ。カワイイですねー。大丈夫ですよ、替えのパンツ、用意してますから」

——ぎゃぁぁぁぁっ！

なんかもう、涙なくしては語れない。

俺は検診だったので、女の先生のチェックを受け、なんとか無事クリアしたらしい。歯磨き指導を受けたくらいだった。

あの惨状を思い出すと、二度と行かなくていいように、この夜は鏡を見ながら十五分くらいも歯を磨いてしまった。あ、歯間ブラシも買ってきた方がいいのかな？

けど、継続治療のアニキたちは今日で終わりではないのだ。うっかりすっぽかせば、また呼び出しがかかるのは間違いない。

この夜、千住組本家は墓場のような静けさが広がっていた。ＨＰを使い果たし、アニキたちはただひたすら沈黙していた。

こんな日にカチコミがあったら、きっと千住組最後の日になってたな…。

1月17日

この日は通常の一日だった。

朝から掃除をしていたんだけど、昼を過ぎてから前嶋さんに「車を洗っとけ」と指示された。てことは、組長が出かけるんだな、と俺にも想像はついた。どの車も定期的に洗車はしてるんだけど、あらためて言われるということは、かなり重要な場へ行くということだ。

案の定、日が落ちてから組長は外出するようで、若頭も一緒だった。俺もその運転手だったけど、スーツを着とけ、とあらかじめ言われていた。指示されたのは都内の料亭で、よくわからないけど高そうな店だ。どこか他の組の組長さんたちとの会合かな、とか思っていたのだが、どうやらそうじゃないらしい。

深津も一緒だったけど、他の車でボディガードがついてくることもなく、いつになくお忍びな雰囲気もある。

密会――て感じだろうか。

なんかまた神代会の中でゴタゴタしてんのかな、と心配になったけど、そういうわけでもなさそうだ。

組長と若頭は料亭の玄関先で降ろし、俺たちは駐車場に車を入れてから、ご丁寧に仲居に案内されて離れっぽい座敷で待つことになった。

お茶が出され、懐石の弁当が出されて、至れり尽くせりだ。

と、少しして隣の部屋にも誰か通された気配があった。が、話し声もせず、一人だけらしい。どうやらこの離れは、客の連れとか運転手の待合室みたいな感じだった。そういえば、駐車場からもほど近い。

気になって、うっすく襖《ふすま》を開いてこっそりとのぞき見してみると、スーツ姿の若い男が座卓に書類を広げ、なにやら仕事をしていた。

いかにもまじめそうな、メガネの男。サラリーマンというよりは、公務員ぽい感じもする。

同じように弁当とお茶も出されていたが、仕事が優先のようだ。

途中で携帯に電話が入り、ちらっと相手を確認してから対応する。

「――はい、曾根《そね》でございます。大変お世話になっております。……はい、申し訳ございませんが、先生はただいま会食中でございまして」

……先生？　というのが、どうやらこの男のボスということだろう。

「かしこまりました。では予定を確認いたしまして、明朝十時までにはお返事できるようにさせていただきます」

なんかすごい腰の低い、ご丁寧な対応だ。やっぱりヤクザではないらしい。

つーか、一般の社会人でこの対応が求められるんなら、俺、社会人は無理かも。

「あー、ひょっとしてセンセイって政治家かなんかですかね…。秘書っぽくないですか？　あの人」

襖を閉めて、こそっと深津がささやいてくる。なるほど、と俺もうなずいた。言われてみれば、そんな気もする。

「……え、てことは組長、今、その政治家センセイと会ってるのかっ？」

思わず聞き返してしまった。

「かも、ですね。他の客の可能性もありますけど」

深津が腕を組んでちょっと眉を寄せた。

——うーわーっ。

政治家と暴力団の黒い関係！　汚い政治資金！　癒着！　汚職！

新聞の見出しみたいなそんな言葉が頭の中を一気に駆け巡る。

そんなドラマみたいなことがあるんだ…。

考えてると、深津がにやにやしながら言った。

「なんか、ドラマみたいっすよねー」

……やっぱりか。

でもそういう関係って、ホントにあって不思議じゃないらしい。

ちょっとワクワクしてしまう。なんかすごい、権力っぽい？　感じで。

もしかして、組長が政治資金とか出してんのかなー。もしバレたら、すごいニュースになるんだろうなー。……や、俺の立場じゃ、バレたらまずいんだろうけど。

しかし、政治家とヤクザってどんな密談、してるんだろ？　やっぱり金の話なんだろうか。生臭いなー。けど、金のケタも違うんだろうな…。

正直、どういうつながりで、どんなやりとりがあるのかもわからなかったが、何となく妄想が広がってしまう。

二時間ほどしたところで、誰かが廊下を歩いてくる気配がし、仲居が隣へ声をかけた。

「先生がお帰りだそうでございます」

そんな呼びかけに、ありがとうございます、と丁寧に礼を言って、素早く男が準備して部屋を出る気配がする。

それから十分ほどだろうか。「お客様がお帰りになられます」と、こちらの部屋にも仲居が呼びにきた。

組長様がお帰りです、とか言われるのかと思ったが、さすがにそれはないらしい。

組長の素性を知っているのか、知らないのかはわからないけど、どっちにしても知らないことにしておいた方がいい、ということだ。暴対法以降、カタギの皆様との付き合いはなかなか面倒になっている。

俺たちは車にもどって、玄関先まで組長を迎えに行った。

と、ちょうど前の車の後部座席に男が一人、乗りこむところだった。

玄関前の薄明かりにちらっとその横顔が見える。

どっかで見たような？　気もした。テレビだったか、もしかすると選挙ポスターか何かだっただろうか。

五十なかばの、なかなかに貫禄のあるオヤジだ。やはり秘書らしいスーツの男が助手席に乗りこんでいる。

「あ、久賀《くが》清匡《きよまさ》だ」

深津がぽつりとつぶやく。

「政治家か？」

聞いたような名前だったが、そもそも政治家などよく知らない。

「すげー大物っすよ。政界のフィクサーとか呼ばれてる男じゃなかったかな」

「へー…」

深津の興奮を抑えた声に、なんだかわからないけどすごそうなことだけはわかる。

その車が玄関先を離れてから、そのあとにゆっくりと着けた。

少しして、「本日はありがとうございました」と女将《おかみ》らしい和装の女性に丁寧に挨拶をされながら、組長たちが出てくる。

深津が素早く降りて、リアシートのドアを開いた。

組長が乗りこみ、あとに続いて若頭がその隣にすわる。

「っさしぶりに気疲れしたなァ…」

車が動き出すとすぐに組長がうなり、だるそうにネクタイを緩めた。

おお、この組長を気疲れさせるとはっ。さすが大物だ。

「直《じか》にお会いするのもひさしぶりでしたしね。先代の十三回忌前に、ということでしょう。律儀な方ですよ」

若頭が穏やかに口にする。

どうやら先代からの付き合いらしい。

「返礼も必要なんだろうな…」

「あの方は金より情報の方が喜ばれるんじゃないですかね」

「それを金に換えるんだろ」

組長が鼻を鳴らして薄く笑う。

「それがお上手な方ですからね」

……さりげなく、奥深く、恐い会話だ。

なんか、政界の裏を垣間見た夜だった。

1月18日

「今日は本家に萩尾《はぎお》先生をお迎えする。失礼のないようにな」

朝礼で前嶋さんから言い渡されたその一言で、集まったアニキたち、どころか、幹部の人たちにもピキッと緊張が走った。

なんだけど、俺にはちょっとピンときてなかった。

萩尾センセイ……って誰だっけ？

医者？

「……って、誰でしたっけ？」

門前と玄関、さらに客間の掃除に号令をかけられ、それぞれの持ち場に散りながら、俺はこっそりとアニキに尋ねた。

「バッカ！　弁護士の先生だよっ！　ほらっ、井波《いなみ》のアニキの弁護をしてくれた」

怒鳴るように返され、ああ、と思う。

井波のアニキというのは、去年組長が襲われた時、相手の鉄砲玉を返り討ちにして、今刑務所に入っている人だ。

けど、その時の弁護士は確か――。

「でもそれって名久井の組長のお兄さんとかじゃなかったすか？」

うちの組長とは仲のいい名久井組の組長の実兄が、腕のいい刑事弁護士だと聞いている。

「だから、そこの事務所にいる人だって。名久井の先生の右腕っ。うちもイロイロ面倒をみてもらってんだよっ」

そんな言葉に、へー、と思う。と、あ、と思い出した。井波のアニキの裁判の時、裁判所でも見かけた気がする。

「あ、あのすごい美人の？」

男なんだけど、すごい美形の弁護士先生。

「そう、その人。……けど、うかつに近づくなよ」

引きつった顔で忠告され、要するに面倒をかけるなよ、ということだとこの時は思ったのだが。

その先生がやってきたのは、午後の早い時間だった。

少し前から、車が近づいてくる、という一報に、俺たちは急いで門のところに立ち並び、車の進入とともに「お疲れ様ですっ！」と声を張り上げる。

車の着いた玄関先には若頭も出迎えに姿を現し、前嶋さんが直々《じきじき》にドアを開けて、丁重に頭を下げている。

すげー。下へも置かないもてなし、ってこういうことをいうんだ、と実感する。

リアシートから降りてきたのは、まさしくいつか見た美形の先生だった。そして反対側からは、名久井組の若頭、確か佐古《さこ》さんが姿を見せる。おお、これぞヤクザ、という強面でさすがの貫禄だ。

そして、助手席からは見覚えのある人が降りてくる。塚山《つかやま》さんという、千住の幹部の一人だ。

あ、と思い出す。そういえば塚山さんは、この間、タチの悪い素人《しろうと》相手にヘタを打って訴えられていたのだ。萩尾先生にはその弁護をしてもらったのだろう。

塚山さんは裁判仕様なのか、髪もスーツもこざっぱりとした感じだった。

「このたびはお世話になりした」

先生に向かって深々と頭を下げる。

「まったくですよ。いそがしい時期なんですから、あなたほどの人があんなクソみたいなチンピラ相手につまらない手間をかけさせないでくださいね」

それに先生の口からマシンガンみたいな毒舌が飛び出して、俺は思わず目を剝《む》いた。

「しばらくは自重してもらいますから。万が一、猶予中に何か問題を起こしたら、今度は私があなたの車ごと基礎建築中のビルに杭と一緒に打ち込んで、その上に立派な墓標を立ててあげますよ」

ぴしゃりと言った言葉に、出迎えの千住の組員たちがいっせいに凍りつく。

——こ…こわっ、こわ…っ、恐いぃっ！

「征眞《いくま》、そのくらいにしておけ」

それをなだめるように、佐古さんが口を開く。そしてうちの若頭にいくぶん困ったような視線を向けた。

「悪いな、狩屋」

「いや、こっちのミスだ。埋め合わせはまたいずれさせてもらう」

さすが、若頭が落ち着いて返している。

「気にするな」

そんな渋い若頭二人の会話に、萩尾先生がさらりと口を挟んだ。

「千住の若頭がしてくれるというんだ。させてやれ」

にやっと笑った先生の顔が、美人なだけに悪魔みたいに恐い。

「その、玄関先ではなんですので、どうぞ中へ」

おずおずと前嶋さんがうながし、そのまま佐古さんと先生を案内していく。

「頭…、申し訳ありませんでした。萩尾先生に借りを作らせてしまって」

残っていた塚山さんが沈痛な顔で頭を下げる。

「いや。おまえにはそれだけの価値があるということだ。同じミスはするな」

――おおおっ、かっこいい…！

さすがは若頭だ。

あー、俺、絶対警察の世話にはならないでおこう。ていうか、あの弁護士先生の世話にはなりたくない…。

やっぱ、センセイって恐いよな。

そういや、千住組で一番偉い遙さんも先生だった。

そうか。やっぱり先生って強いんだな…。

押忍《おす》。指定暴力団神代会《かみしろかい》系千住《せんじゅ》組部屋住み、木野祐作《きのゆうさく》っす。

うおぉおお…っ、寒波、つらいっ。

俺たち部屋住みは外で仕事（主に掃除）やお役目（主に立ち番。もしくは使いっ走り）が多かったりするんで、天気や気温はてきめんに影響する。寒いからってあんまり着ぶくれてると、掃除もやりにくいし、根性が足りねぇって怒られるし。

いや、なんつってもヤクザの半分は意地とメンツでできてるようなもんなのだ（あと半分は力と金と義理人情？　そして多分、ひとかけらの愛？　かも？）。だから人前で情けないカッコはできない。

……うん。まあ、うちの組長とか、恋人の遙《はるか》さんの前だと形無しに情けない気もするけどな。

ともあれ、この季節だと外回りの掃除がホントにキツい。鼻水垂らしながら毎朝やってるわけだ。手袋（てか、軍手）とマフラーはもちろん、使い捨てカイロを体中に張りまくっての完全防備。風邪なんか引いてるヒマはない。

あっ、そういや箱買いしたカイロが切れかけてた。買っとかなきゃ。

1月20日

大寒波襲来。

今朝はあまりの寒さに震えながら起きたら、びっくり！

外は一面の真っ白な雪景色だった。

うわおっ！

庭も木も屋根の上も、こんもりと雪が積もり、池には氷が張っていた。鯉《こい》、大丈夫かな？　凍ってないか？

寒いのは嫌だけど、コレはコレでテンション上がる。北国だとめずらしくもないんだろうけど、こんだけ積もってるのはあんまり見たことなかった。

雪だるま、作っちゃダメかなー。怒られっかなー。まあ、でもまずいよな。ヤクザの家の門前に、可愛《かわい》く雪だるまってのも。

あっ、でも今朝は一番に庭に出て、足跡つけられるっ。

……と、寒いのを我慢してほくほく外へ出ると。

半纏《はんてん》を着込んだ組長が、ぴょんぴょんと飛ぶようにして雪を蹴散《けち》らしていた。

——がーん…。

なんで今日に限って起きるの、早いんだ。うっかりトイレにでも起きて、雪景色を見たのかもしれない。

ひとしきりまっさらな雪の上に足跡をつけて遊んでいた組長だったが、ふいにしゃがんで雪を集め始めた。どうやら雪だるまを作り始めたみたいだ。

組長ってやっぱり犬系なのかな？　こたつで丸くなってる方かと思ったけどなー。

けど、すぐに手が冷たくなったのか、きょろきょろとあたりを見まわし……箒《ほうき》を手にしたまま庭の端につっ立っていた俺はばっちり、見つかってしまった。

「おお、ユーサク、手伝えっ」

「あっ、はい！」

うれしそうに手を振って呼ばれ、俺はあわてて箒を置いて近づいた。そして言われるまま、雪をかき集めて大きな団子に固めていく。

ううっ。指先がさぶいっ。

組長は両手を半纏の袖口《そでぐち》に入れたまま、横から「もっとでっかく」とか「丸く」とか命令している。そしてできあがった大きな団子を重ねて、そのへんの木の枝と葉っぱで目と鼻をつけ、いろんな角度から眺めたあと。

「バケツが欲しいな…」

と、つぶやいていた。

ちろっと横目で見られたが、俺はあわてて首を振った。

「えっと…、バケツ乗せるにはちょっと小さすぎると思いますけど…」

そうなのだ。中途半端な大きさなので、掃除に使っている青いバケツでは顔がすっぽり隠れてしまう。

チッ、と舌打ちして、まぁいいか、と組長がうめいた。

実際、なかなか可愛くできている。

「あー…、でもどうせなら、は……や、顧問のお家の前に作ったらよかったっすね」

俺は組長力作の（重労働はほぼ俺だけど）雪だるまを眺めながら、何気なく口にしていた。

遙さん、と口にしそうになって、あわてて「顧問」と言い直す。危なかった。うかつに名前を呼んだりしたら、俺が雪だるまにされていたところだ。

でも遙さんならきっと喜んでくれそうだよなー、と思う。

……と。

「ひゃぁあっ！」

いきなり背中が凍りついて——まさに文字通り——俺は飛び上がった。襟元《えりもと》から雪玉が放りこまれたのだ。

思わず地面の上に尻餅《しりもち》をついてしまう。

と、その首から巻いていたマフラーをむしり取ると、組長がニカッと笑った。

「ユーサク、おまえ、いいこと言ったな」

褒《ほ》められた？　それでどうして雪を入れられるんだ？　……っていうか、俺のマフラー！

呆然《ぼうぜん》としている俺にかまわず、組長は自分の首に俺のマフラーを巻き直すと、スタスタと遙さんの暮らす離れの方に歩いて行く。どうやら、雪だるまを作りに行くらしい。こういうところはマメだよなー、と感心する。

「あ、手伝いますか？」

「いや、いい」

後ろから声をかけてみるがひらひらと手を振られ、俺はやれやれ、と立ち上がった。

ううっ、尻が冷たい…。首も寒い。

うっかり組長に捕まってしまって、すっかり掃除が遅くなってしまった。ああ、でも掃除の前に雪かきしなきゃいけないのかな…？

玄関先で考えこんでいると、前嶋《まえじま》さんが起きてきたのでおうかがいを立ててみる。

すると、門から玄関前の石畳だけ雪をどけてキレイにしとけ、ということだった。庭はそのままでいいらしいから、ちょっとラッキーだ。

「アレ、おまえが作ったのか？」

そして雪だるまを見つけた前嶋さんにちろっと横目で聞かれ、あわてて「組長ですっ」と答えると、「ああ…」とだけ短くつぶやく。長いため息。

俺がようやく石畳の通路を掃除し終えてもどってくると、ちょうど組長が母屋へ入っていく後ろ姿が見えた。

それを見送って、俺はこっそりと離れの方へ行ってみる。

すると、手のひらサイズのカワイイ雪だるまが十コくらい、玄関先に並んでいた。南天の赤い実で、目もキレイに入っている。

これ、組長が作ったのか……。

背中を丸めて一生懸命雪だるまを作っている組長を想像すると、妙に笑えてくる。微笑《ほほえ》ましい、というか。

それも遙さんを喜ばせるためだもんな。

遙さんもコレ見て、今日一日は組長に優しいといいなぁ。組長の機嫌がいいと、俺たちも助かるし。

何というか、雪の日のファンシーな光景だった。

そしてあとで見たら、俺のとられたマフラーは庭の雪だるまに巻かれていた。

ううう…。雪だるまにとられた…。

1月21日

大寒波続行中。今日は昨日以上に風が冷たい。

よりにもよってこの日、組長は義理場《ぎりば》へ出ることになっていた。長らく病気療養していた系列の組長の葬儀なのだ。

俺も一張羅のスーツで、葬儀場になっていた寺まで運転手を務めた。

「寺は寒いんだよなぁ…。本堂でやんのか？」

「どうでしょう。あの寺だと、別に式場もあった気がしますが」

車の中でぶつぶつ文句を垂れる組長に、若頭が穏やかに答えている。

さすがに二人とも、きっちりとフォーマルなブラックスーツに黒いマフラー姿はちょっとハードボイルドでカッコイイ。

しかし、到着した寺には関東一円からザ・ヤクザなブラックスーツが密集していて、門前でいったん停車した俺はきょろきょろとあたりを見まわしてしまった。

助手席にいた後輩の深津《ふかつ》が素早く降りて、リアシートのドアを開く。

やれやれ…、とため息をつきつつ（不謹慎《ふきんしん》…）のっそりと組長が車から降り、反対側から降りた若頭がそちらに近づいて、気がついて頭を下げてきた施主側の組員たちや、他の参列者たちにちらっと視線を配る。

その張り詰めた空気に、こんな冠婚葬祭の場でもやっぱり、組長たちの間では駆け引きとかいろいろあるんだろうな…、と俺も内心でドキドキする。

いわば、ここも戦場なのだ。暑い寒いと言ってる場合じゃない。

組長がおもむろに一歩、足を踏み出した。

その瞬間、ぽとぽとっ、と何かか地面に落ちる。ひょいとウィンドウから顔をのぞかせると
――使い捨てカイロだ。

……いやまあ、この寒さだ。カイロを持ってたって悪くはないけど、組長たちの集まりでカイロを握りしめてるのってどうなんだろう…?

若頭が無言のまましゃがんでそれを拾い上げ、無造作にポイッ、とウィンドウの中に投げ込んで俺の膝《ひざ》の上に落ちる。

そして何事もなかったように、境内《けいだい》へと進んでいった。俺も見て見ぬふりのまま、誘導されて駐車スペースに車を回していく。

組長、カイロなくて大丈夫かな…。

1月23日

寒波が去って、ようやく通常の（?）冬がもどってきた。まあ、普通に寒いだけだ。

昼過ぎになって深津から電話があって、なにやら待機しとけ、ってことだ。若頭の用があるらしい。

そして三時くらいに深津が本家へ顔を見せて、俺は車を出した。どうやら若頭を出先までお迎えに、ってことらしいのだが。

深津の顔色は微妙にすぐれなかった。いつものほほんと暢気《のんき》な男なのに。

「で、どこへ行きゃいいんだ?」

とりあえずエンジンをかけ、本家の門を出るあたりで俺は尋ねた。

というか、若頭の迎えなら、本来若頭の組の人間がいるはずなので、何で俺が?　とも思う。

いや、もちろん嫌なわけじゃない。組長と違って若頭は理不尽な要求はないし。……いやその。

まあ、若頭が本家にいる時とか、組長と一緒の時なんかだと普通に俺が運転したりするわけだけど。

ただ、今は組長も本家でダラケてる…、じゃない、えーと、くつろいでいらっしゃったし、何でわざわざ俺がご指名で、と思うのだ。運転技術とか?　信頼されてんならうれしいんだけど。

しかしそこまで考えて、ハッ！　と思いついた。そう、深津のこの顔色の悪さにも。

「え…、まさか、あそこ…?」

いくぶん顔を引きつらせつつ、恐る恐る聞くと、深津がちろっと俺を横目にして、沈痛な面持《おもも》ちでうなずいた。

「あそこっす…」

「あの、お館《やかた》…？」

「ハイ…」

ごくりと唾を飲んで確認すると、深津が首を縮めるようにして返してくる。

「マジかよ…」

俺は思わずうめいていた。

俺と深津の間では「あの館」で通る場所。

正式には「ル・ジャルダン・ドール」とかいう、舌を嚙《か》みそうな名前だ。「黄金の庭」って意味らしい。

会員制の高級クラブ。

そしてその実態は、というと。

めくるめくSMの館である。

秘めやかな趣味を持つ金持ち連中が、自らの欲望を満たすために夜《よ》な夜《よ》な集っている……んだろう。

どうやら若頭は今、そこにいるらしい。

といっても、若頭にそういう趣味があるわけじゃなく（た、多分…）、どうやらそこのオーナーが若頭の大学時代の友人らしい。それでおたがいに協力して、というのか、持ちつ持たれつというのか、仕事がらみでも付き合いがあるようだ。

俺と深津とは、若頭のお使いで一、二度、行ったことがある。……そしてできれば、二度と行きたくなかった。

とはいえ、若頭の命令とあれば俺たちに拒否する余地はない。

俺は無意識にのろのろと運転して、しかし着実にその館に到着する。

話は通っていたらしく、そのまま駐車場に入って車を駐《と》めると、おずおずと裏口から中へ入っていく。

スタッフらしい人たちがバタバタと開店前の準備だろうか、ずいぶんとあわただしく動きまわっている中、以前に入ったことのあるオーナーのオフィスへ向かうと、中ではスーツ姿の男が二人、和やかに談笑していた。

若頭の狩屋《かりや》さんと、このの館のオーナー、確か伊万里《いまり》さんとかいう人だ。オールバックの髪と、短い口ひげがトレードマーク？　なのか？　喉元《のどもと》はネクタイではなくスカーフで、いかにもオシャレな雰囲気だ。

「失礼します！　お迎えに来ましたっ」

「ああ、来たな」

一応、カタギ（……カタギ、か？）の店なので、いくぶん抑え気味に声を上げた俺に、こっち見てニヤリと楽しげに笑ったのは伊万里さんの方だ。若頭には、ご苦労だったな、とさらりと言われ、いえ、と俺たちはあわてて頭を下げる。

「えっと、すぐに出られますか？」

出てほしい…、と祈りを込めて尋ねた俺だったが、その願いは、いや、とあっさり打ち砕かれる。

「今夜、ここでパーティーがあってな。俺は客と商談があるから、おまえたちも少し手伝っていけ」

えええっ!?　と俺と深津の声がハモった。

「て、手伝いって…？」

ＳＭ館での手伝いというと否応なく想像してしまい、聞き返しながらも頬《ほお》が引きつる。

「今夜は『スノー・ファンタジー・ナイト』というイベントだ。冬のハロウィンといったところだが、ああいうホラー系統じゃなく、もっとファンタジックな演出をする。客もふだんより多いし、スタッフも多い方が賑《にぎ》やかでいいからな」

伊万里さんが機嫌よく説明する。

ふぁ…ふぁんたじっく？

思わず深津と目が合った。おたがいに不安しかない。

そもそも、ＳＭというだけで十分にファンタジーな気がするけど。

いや、しかし。

「あ、あの…、何で俺たちが…？」

ご指名されたんだろう？

そういえば以前に来た時、深津なんかはいいマスターになれそう、とか言われていたけど。

……てことは、俺……俺はドレイ？　調教されんの？

考えただけで、サーッと頬から血の気が引いていく。

「うん？　おまえたちならここの場所も知っているし、内容もわかっているからな。いちいち説明する手間がいらないだろう」

しかし若頭に事務的に言われて、ちょっとホッとした。

いやしかし、だ。つまり、この先もこの館での用事があると指名されるってことで、ますますこの場所に慣れてしまう。慣れてしまうと、ますます使いやすくなるってことで、……悪循環だ。

ずっぽりハマって抜け出せなくなる。

これ以上、馴染《なじ》みたくない……。

内心で声を上げるものの、若頭に反抗することもできない。

「制服に着替えてこい」

膝の上で書類をめくりながら顎《あご》で無造作に指示され、伊万里さんが呼んだスタッフに案内されて、ロッカールームで準備されていた「制服」に着替えた。

制服といっても、どう見ても、ふだんの自分のスーツより上等な、ライトグレーのタキシードだ。きっちりとした白い襟のシャツがちょっと堅苦しい。サイズはいくつかあって、着られそうなやつを選ぶ。

「こんなの着たの、初めてっすよ…」

鏡の前で袖口を引っ張りながら、どことなく不安げに深津がつぶやいている。

俺だって初めてだけど、どう見てもタッパがあってガタイのいい深津の方がピシッと決まっている気がする。……悔しいけどなっ。

ハンカチ？　ポケットチーフ？　だっけ？　とかの処理もわからないまま、とりあえずオフィスにもどると、なにやら真剣に若頭と膝を突き合わせて相談していた伊万里さんがふと、顔を上げる。そして俺をちらっと眺めてわずかに眉をよせた。

「……似合わないな、おまえ」

バッサリと言われて、スミマセン、という感じだ。

しかし後ろから続いてきた深津の方には、ほう…、と顎を撫《な》でた。デスクに預けていた腰を浮かせて深津に近づくと、ひとまわりして頭のてっぺんから足下までをじっくりと眺めまわす。

「ふむ、君はまあまあいい感じだな。木訥《ぼくとつ》な雰囲気がちょっとそそる」

……そそる？

にやりと意味ありげにつぶやいた寸評に、知らず背筋がそそけ立つ。

「あ…あああありがとうございますっ？」

深津の方もおののいているらしく、語尾のイントネーションが意味不明に跳ね上がった。

「うん。カラダもいいしな。ちょっと訓練すれば客がつくかもしれない。あと表情をもうちょっと…」

独り言のように言いながら、品定めするみたいに深津の腕をたたき、胸板を撫で、跳ねていた髪を指で丁寧に整える。

暴力……ではないんだけど、なんだかすごく恐い。背筋がゾワゾワする。

深津も息を詰めるみたいに棒立ちになったまま、たらたらと冷や汗を流している。

——ゆ、祐作さん…っ、助けてくださいぃぃ…っ！

と、その目が必死に訴えているメッセージはしっかりと受け取ったが、俺にできることはなかった。

わ、悪いな…。骨は拾ってやるから。

俺は心の中で合掌する。

「伊万里、うちのにちょっかいを出すなと言っただろう」

と、ソファに腰を下ろしていた若頭が淡々と口を挟み、伊万里さんがつまらなさそうに肩をすくめた。

伊万里さんが離れ、深津が目に見えて安堵《あんど》の息を吐いた。

「ほら、これ」

伊万里さんが部屋の隅の段ボールからなにやら取り出して、俺たちに投げてくる。

危うく受け止めたそれは、二本の長い……ウサギの耳だった。ウサ耳のヘアバンド？　カチューシャ？　だ。

深津が黒いので、俺は白ウサギ。

結構存在感があって、もこもこ、ふわふわした手触りだが、中には針金が入っているようで、先端を折り曲げたりできるのだろう。

正直、「何ですか？」という呆然とした面持ちで伊万里さんを見上げると、指先で頭を指しながら当然のごとく言った。

「頭につけるんだよ。一応、今夜の館としてのコンセプトは『アリス』なんでな。女王様はハートやスペードのトランプのモチーフ、スタッフは全員、ウサギになる」

…………。

ウサ耳を手にしたまま、俺は思わず救いを求めて若頭を見る。

「やれ」

それに軽く顎をしゃくって、若頭が興味なさげに言った。

――マジか……？

まさかヤクザになって、ウサ耳をつけることになるとは思わなかった。

「スタッフの仕事を手伝ってくれ。飲み物や器具を準備するくらいでいい。あとはチーフスタッフの指示に従って、掃除やらベッドメイクやらだな」

伊万里さんの言葉に、俺たちはどうしようもなく、ハイ、と答えるしかない。

……ん？　うっかり聞き流しそうになったけど、……器具？

頭の中でうっかり想像して、ヒーッ！　ってなる。

ともあれ、俺と深津は「ファンタジー・ナイト」のウサギ・スタッフとしてこの夜は働いた。

あらためて目の当たりにしたこの世界に、もう頭の中は飽和状態だった。

なにしろ館のあちこちで、ところかまわず公開調教が行われているのだ。かと思えば、廊下の端にネコの着ぐるみを着たでっぷりとしたおっさんが（チェシャ猫とかいうんだったたっけ…？）、鎖につながれて放置されてたり。

アリスというと、「不思議の国のアリス」を普通に思い浮かべてたけど、スタッフの話ではどうやら「鏡の国」らしい。

そのせいなのか、あるいはそれが標準装備なのか、館のいたる所に鏡があった。いや、ドアや壁一面が鏡のところも多いし、大きなソファの上なんかは天井も鏡張りだ。

つまり、その鏡に映る自分の姿にお客様方は興奮するらしい。

たいていは言われたものを持ってくるとか、片付ける、というくらいの単純な仕事だったけど、想像以上に重労働だった。肉体的にも、精神的にも、だ。

女王様は客（＝ドレイ）に対してだけじゃなく、スタッフに対しても女王様だったし。ムチを鳴らして「さっさと持っておいで！」とか命じられるわけである。そうでなくても、尻丸出しのおっさんがあえいでたり、泣きながら女王様に足蹴にされたりしているし。

……うん。どんなに理不尽でも、組長のお世話してる方が楽だな、としみじみわかった。

――ハッ！

もしかして、それを教えるための若頭の策略だったりっ？

ふ、深い……！

2月1日

月初めだ。

だからって何かが特別なわけじゃないけど、今日はちょっと本家の空気が引き締まっていた。

朝からやってきた若頭が、一室にこもってなにやら前嶋さんと話し込んでいたのだ。

若頭は組の外に対するあれこれを取り仕切っているわけで、前嶋さんは本家の内々のことを仕切っている人である。どっちも組の大きな柱で、その二人の深刻な相談となると、何かありそうだった。

何だろ…？　と俺も、他の部屋住みの兄貴たちもちょっとドキドキしていたんだけど、午後になってそれがわかった。

そういえば、先代組長の十三回忌法要が来月、三月にあるんだけど、その下準備の相談だったらしい。

まだひと月以上、来月下旬だというから、ほとんどふた月くらいあるわけだけど、どうやら今から準備をしないといけないようだ。大変なんだなぁ…、と他人事《ひとごと》みたいに思っていたら。

千住組の幹部や主だった組員たち、俺たち部屋住みも集められ、

「組の威信がかかる義理事だ。総員で手分けし、イロウのないようにシュクシュクと準備を進めてもらいたい」

という、静かなだけに重い若頭のゲキに、幹部の兄貴方も一様に厳しい表情で「はいっ！」と腹から返事をしている。

そんな様子に、俺もようやくことの重大さを感じ始めた。

本家の奥の方の一室が「先代十三回忌法要特別対策本部」となり、ノートパソコンやらプリンターやら、いろんな資料、書類やらが大量に持ち込まれた。別に極秘事項でもなく、近づけないわけじゃないけど、ピリピリしてて近づくのは恐い。

そういや、本家でそんなに大きな義理事をやるのって、俺が来てからだと初めてなのかな。本

家でやるとなると、他の組の組長たちも集まるわけで、それこそ作法も見栄《みえ》もいろいろとあるんだろう。

その重責が若頭の両肩にのしかかる。組長なんか、ホントに年がら年中のほほんとしてんのになぁ……。

どうやら若頭はこれから法要までの間、泊まり込みになる日が増えるみたいだ。

本家に若頭がいるだけで、俺たちも緊張するけど、同時に安心でもある。

手際よく組長を扱ってくれるもんなー。

2月3日

節分だ。

組としては特に何かをするわけじゃないけど、ふいにそれに気づいたらしい組長が張り切って豆を買い出しに行っていた。ふらふらと近くのスーパーだか、コンビニあたりまで。

なんつーか、ホントにお祭り好きな人だ。

正直、ろくでもないことばっかりやりたがる。豆まきなんか家の中でやられると、あとの片付けが大変なのに。

さすがに組長一人を歩かせるわけにはいかず、ボディガードに兄貴が三人くらい、ついていってた。

ヤクザへの風当たりが厳しい昨今、ご近所様はそんな様子をどんな目で見てんだろうなー、と、ふと考えてしまう。

でも千住の組は先代、先々代？　もっと前だろうか？　からずっと地域に溶け込んで（？）いたらしいから、案外、慣れてんのかもしれない。神社とかもふらっと行ってたし、近所のじいちゃんあたりだと気軽に声をかけてくるし。

夕方くらいに帰ってきて、ほれ、土産《みやげ》、とビニール袋いっぱいの寿司《すし》をくれた。

わっ。今日は組長、ちょっと気がきくっ。

恵方巻きだ。かなり大きなサイズ。

今年の恵方はどっちだっけ…？　無言で食べるんだよな。

先にひとっ風呂浴びた組長は、いそいそと遙さんところに出勤した。……と、肝心なものを忘れたらしく、内線が入ってテーブルに置きっ放しのビニール袋を持ってくるように言われる。それを提《さ》げて、俺は急いで離れへ向かった。

ざっと見たところ、中身は豆と紙でできた赤鬼の面と恵方巻きが二本、という節分セットだ。

豆まきを遙さんとこでやるのかな？

俺としてはありがたいけど、遙さんは後片付けが大変そうだな。

失礼しまーす、と玄関先で断ってから、そっと二階へ上がる。一階の明かりは全部消えていたので、二人とも二階にいるのだろう。

豆まきもまだだろうし、まさかいきなり始まってないよな…、と用心しつつ、俺が失礼します、とドアを開けると、ソファにふんぞり返っていた組長が、こっちこっち、と手招きする。

ご苦労様、と微笑んでねぎらってくれた遙さんにちょこっと頭を下げ、言われるままに組長の前のテーブルに中身を広げた。

「おまえ、ここで豆まきをやるつもりか？」

遙さんがいかにも迷惑そうにため息をつく。

「おまえだって日本人だろーが。重要な伝統行事だぞ？　……ええと、邪気を祓《はら》って一年の無病息災を祈る。おお、宮中行事でもあるしなっ」

組長が豆の入った袋の裏の解説を読みながら主張する。

「俺としては、何よりも邪《よこしま》なバカでかい邪気が今、目の前にいる気がするんだがな？それを祓っておけば、きっと無病息災で長生きできるだろうし？」

腕を組んで、いかにも意味ありげに指摘した遙さんの言葉を耳から抜かし、組長がパッと恵方巻きを一つ、手に取る。

「あっ、先に恵方巻き、食おうぜっ」

手早く中身を取り出して立ち上がった。

「恵方ってどっちだ？　や、せっかくだから両端から一緒に食べよーっ」

ウキウキと可愛く言いながら遙さんににじり寄る。

「そんな食べ方じゃないだろ」

片手で組長の顎を押しもどしながら、むっつりと遙さんがうなる。しかし懲《こ》りずに組長はすり寄って、片手の恵方巻きを口元に近づけると、にやにやと笑いながら聞いた。

「なー、俺のとどっちがぶっとい？」

……あ、ダメだ。

俺はがっくりと肩を落とし、そろそろとあとずさって撤退の準備を始める。

「いいかげんにしろよ…」

当然のごとく、遙さんは目を三角にして組長をにらみつけた。でもちょっとばかり頬が赤い。

「やっぱり、俺の方が太いよなぁ？」

「そんなわけないだろっ」

「いや、あるって。ほらほらっ、だからコレ、食ってみたらわかんだろ？」

わかる……のか？　いや、わかるってコトはつまり……？

「なー、おまえ、どっちが好き？　こっちはふにゃふにゃしてて、しゃぶりごたえがないよなあ？　やっぱり俺のが……あっ、おいっ、遙っ！」

組長のエロトークにぷちっと切れたらしい遙さんが、いきなり組長の持っていた恵方巻きをひったくると、キッチンで包丁を取り出した。

まさか組長を刺すつもりじゃ!? と一瞬あせったけど、切られたのは恵方巻きだった。見る前に長い太巻きが一口サイズにされる。

ああああっ! と組長が悲鳴を上げた。

「おまえっ、これじゃ、ただの海苔《のり》巻きだろーっ」

情緒がないっ! と、組長がぎゃんぎゃん抗議する。

「うまく食べられれば何でも同じだ」

ふん、と鼻を鳴らして、遙さんが一つ、摘《つ》まみ上げて自分の口に入れた。

いや、そもそもどこにも情緒はなかったよな…、と俺も内心でつっこむと、失礼します、と口の中でもごもごと言いながら、そっとドアを閉めた。

……うん。わかっていた結末だった。

俺が離れを背に帰りかけると、後ろで鬼ならぬ組長が豆をぶつけられ、たたき出される姿が見えた。あーあぁ。

ホントは遙さんと二人で、きゃっきゃっと豆まきごっこでもやりたかったんだろう。

そのあと、ヤケになったように組長は母屋《おもや》で豆をまき散らしていた。

ひぃぃっ、明日の掃除が――っ。

押忍。指定暴力団神代会系千住組部屋住み、木野祐作っす。

二月だ。うん。ここまで来るともうすぐ春、って言えないこともないけど、その春が来る直前の、一番凍える季節でもある。

心も、カラダも、なんだよなぁ…。

なにせ、二月にはアレがある。

リア充、爆発しろ――ッ！

……って夕日に向かって叫びたくなるようなアレが。

やっぱりなー。昔からあんまりイイ思い出がないんだよなー。

学校へ行く途中でこっそり隣のクラスの女の子に呼び止められて、そんなつもりはなくても思わず心臓を飛び上がらせたら、「あなたのクラスの××くんの机に、これ、入れておいてくれない？」って頼まれるっつー、お約束の展開だったりとか。

いや。まっ、なんつーか、ヤクザたるもの、世間の商業主義的お祭り騒ぎに踊らされて、一喜一憂することではないのだなっ。

硬派な漢《おとこ》であれ…！

それこそヤクザの生きる道っ。

2月5日

冬まっただ中の早朝はじりじりと寒くて、外回りの掃除は相変わらずつらいけど、うっかり手を抜くわけにはいかなかった。

このところ、本家に出入りする客人が増えていたのだ。もちろん千住組の本家だから、今までだって系列の組長さん方は定期的に顔を出していたわけだけど、その頻度が上がっていた。

定例会とか、組長への御機嫌伺いとかではなく、むしろ若頭とか前嶋さんとかと、奥の一室で話しこんでいる。

そう、先代の「十三回忌法要特別対策本部」——になっている部屋だ。

来月には千住組先代の十三回忌法要がこの本家で執り行われる予定で、その相談なのだろう。

俺なんかは、へー、とお気楽に考えていたが、これがまたかなり大変らしい。まあ、ヤクザにとって冠婚葬祭の義理事はメンツに直結するしな。

若頭を筆頭に（対策本部長？）、系列の組長さんたちにもさまざまな役割が振り分けられ、今から着々と準備を進めているようだった。

俺も時々、その部屋にはお茶とかコーヒーとか持っていくんだけど、厳しい顔で膝を突き合わせて話し込んでいた。電卓をたたいたり、書類をつきあわせたりと、何だかおそろしく真剣で、とても「何してんですか?」とか、気安く声をかけられる様子じゃない。

部屋の中も、なんだろ…、運び込まれたテーブルにノートパソコンが三、四台並び、プリンターも二台、脇にはファイルとかカタログとかが積み上がっていて、とてもヤクザの本家には見えない状態だった。どこかのオフィスみたいな感じだ。組長さんたちも、時々、携帯を持って廊下で打ち合わせとか、注文みたいなこともしてたし。

そんな出入りがあるせいか、若頭が本家に泊まることが多くなったせいか、本家の空気もふだんよりピシッとしている。

……ま、組長だけは相変わらずのマイペースだけどな。

何かちょっと風邪気味らしくて、今日は帰宅したあと、鼻をグズグズいわせながらもしっかり、遙さんのいる離れに向かっていた。

……あーあぁ…。風邪をうつさなきゃいいけど。

ていうか、そんな体調で行ってもたたき出されるだけじゃないかな。

2月6日

組長が寝込んだ。

やっぱり風邪だったらしい。昨日、出かけた時もちょっとゴホゴホいってたもんな。

インフルエンザだとヤバいんだけど、普通の風邪だったみたいだ。ゆうべからそのまま、遙さんとこの離れで休養するらしい。

意外だ。そんな体調なら本家で寝てろ、とか言われそうだけど。

どうやら、人の出入りが多い本家からは隔離して、うつさないようにした方がいいだろう、という判断だったようだ。

なるほどー。さすがだ。

組長も、遙さんに看病してもらえれば本望だろうな。

お粥《かゆ》とか作ってもらって、あーん、とかしてもらってんのかな。

組長なら、ダダをこねてねだりそうだし、遙さんも病気の時くらい優しくしてるのかもしれないし。

何にしても、おかげで本家は素晴らしく平和だった。

俺もビクビクせずに、まったりと一日、掃除をして過ごした。ふだんできないままだった組長の部屋の窓ガラスを磨いたり、サッシのレールをちまちまと歯ブラシで掃除したり、ぐらついていた戸棚を直したり。

いいなぁ…、組長からの突然の無茶振りを心配せずに過ごせるのって。

こういうささやかな幸せにありがたみを感じる。

……あれ？　なんか俺、解脱《げだつ》した？

2月7日

あっさりと組長が復活しやがっ……いや、早くもご快復されてしまった。

……もう二、三日、寝込んでくれてたらよかったのに（ボソッ）。

「一発やって、汗をかいたらスッキリさ。やっぱり、風邪にはアレが一番だよなっ」

昼頃には本家にもどってきて、満足そうな顔でニマニマしていた。

さすがにたくましいというか、体力は動物並というのか。タダじゃ起きないというか。

遙さん…、風邪をうつされてないといいけど。

それでも、またぶり返さないようにこの日は一日、組長も本家でおとなしく過ごすことにしたらしく（ほとんど遙さんとこにいたけど）、俺も運転手の仕事はなかった。

平和に終わるかな、と思っていたが、いきなり本家の電話が鳴り出したのは、一時前だ。

そろそろ自分たちの昼飯の準備を始めようかと思っていた時で、ちょうど通りかかった俺が急いで子機をとった。

今だと誰もが携帯を持ってるから、家電にかかってくるのはめずらしい。

どこの親分さんだろ、と緊張しながら電話に出ると。

『もしもし？　え、誰？』

そっちからかけてきたくせに、上から目線でそんなふうに聞かれ、俺は思わず、ああ？　とドスのきいたヤクザ的な声でうなってしまった。

「てめぇ、どこにかけてきてんだっ？」

間違い電話だと思ったのだ。ずいぶんと若い声だったし。

『自分の実家にかけてんだよ。文句あるの？』

しかしピシャリと返されて、えっ？　と俺は絶句してしまった。

――実家…？

と、一瞬、頭の中にクエスチョンマークが浮かんだけど、次の瞬間、ハッ！　と気づく。

「あっ、えっ、あの、ち、知紘《ちひろ》さん…ですかっ？」

思わず舌をもつれさせながら聞き返した。

千住組の本家が「実家」なのは、俺が知る限り、地方の全寮制私立の学校に通っている組長の一人息子、知紘さんしかいない。そういえば、聞き覚えのある声でもある。

けど、知紘さんが何か用がある時には、普通は生野《いくの》が電話をかけてくるはずだった。たいていは個人の携帯に。

『……あぁ、ひょっとしてユーサク？　ねぇ、狩屋、いない？』

跡目である知紘さんにインネンをつけてしまった…！　や、そうでなくても、知紘さんは高校生にして、ある意味、組長より恐いのに…！

一瞬にして、頭の中から身体の中まで凍りついてしまったが、幸い知紘さんは急いでいるみたいで、俺のミスにかまっているヒマはないようだった。た、助かった。

「あっ、えっ、ええと、……いえ、今、頭はこちらにはおいでになりませんです」

子機を握ったまま冷や汗をかきながら、俺は急いで答えた。

確かにこのところ、若頭が本家に泊まる日は増えていたのだが、ゆうべは泊まりではなかったし、今日もまだ姿を見ていない。

「あ、あの、夕方くらいまでには一度、顔を見せられると思いますけど…」

恐る恐る口にした俺に、知紘さんがため息をついた。

『うーん…、そっかぁ。狩屋の携帯番号も入れとかなきゃだね』

「ええと…、でしたら、組長に代わりますか？」

何と言っても、実の父親なんだし。組長なんだし。

『父さんじゃ役に立たないよ』

しかしバッサリと知紘さんは言い切る。

……実の父親の立場って。

「ええと…、頭にご用でしたら、生野の携帯に番号、入ってんじゃないっすか？」

『生野に聞けないから聞いてんだよ』

あ、と思い出して、起死回生の思いで口にした俺だったが、あっさりと跳ね返されて、あわあわと口ごもってしまった。

「そ、そうなんですね…」

何だろ？　組長じゃ役に立たなくて、生野にも聞けない急用って。

『ユーサクかぁ…。大丈夫かな…。まあ、仕方ないか、この際』

電話の向こうで知紘さんがうなりながらつぶやいた。

……この言われようって。

信用度は低いが、組長よりはマシってこと？　なんか、喜ぶべきところか悲しむべきところか、迷うな。

『えっとね、ちょっとお使い、行ってきてくれる？　青山《あおやま》にある店なんだけど』

「あ、はい」

何を言われるのかと思ったが、お使いくらいなら問題はない。ちょっとホッとしつつ、俺はうなずいた。

『メモ、ある？』

「えっ？　あ、はいっ。あります、ありますっ」

ピシリと聞かれ、俺はあわてて電話口に備えつけのメモ帳を引きよせ、ペンを手に取った。

『女子の手作りとかには絶対、負けるわけにはいかないしっ。ちゃんと間違えないように買ってきてよねっ。いい？』

何だかわからないが勢いこんだ知紘さんの声に、はいっ、と俺も神経を集中させてペンを構える。

『まずね、パティスチュリア・カロージェロのアソーティモン・アワード・ダッチェス・ドゥ・モンテベッロ』

「は…っ？」

『それと、アルベール・クレモンテルのフリュイ・ド・プラリネ、あと、クール・ド・クリオッロ・エ・フォラステーロ・アソシエ、あ、それから、これは六本木《ろっぽんぎ》なんだけど……な……なになになになになに……っ？

日本語に聞こえない。というか、日本語じゃないだろう。

聞き返す余裕もなく、もうわけもわからず、俺は耳に聞こえてくるままの音を手元のメモに殴《なぐ》り書きしていった。とはいえ、正確に書けたかどうかはかなり怪しい。

「あ、あの…」

『――あっ、ベル鳴ってる。じゃ、頼んだから。ちゃんと買ってきて、三日以内にこっちに発送してよね。間に合わなかったらタダじゃおかないからねっ』

確認で聞き返そうとしたが、知紘さんは電話口で一方的にまくし立て、気づいた時にはぷちっと回線が切れていた。

俺は呆然と手にした子機を見つめてしまった。

タダじゃおかない……って。

背筋がゾクゾクする。

何だろう、ある意味、組長とか若頭から言われるのより恐い。あの、ＳＭ館の主《あるじ》から言われるのと同じくらい恐い。ちょっと意味は違うけど。

俺は思わず自分がとったメモを見つめてしまったが、自分で見てものたくったような文字の羅列が並んでいるだけで、まったく意味をなさない。

……なんだ、この暗号……？

ていうか、間に合わないって、何に？

2月8日

一晩考えて、アニキたちにも聞いてみたけど、やっぱり知紘さんから頼まれた買い物の内容はわからなかった。

——ヤバい…。マジでヤバい…。

背中を冷たい汗が流れ落ちる。

筋としては組長に聞くべきなのかもしれない。なにしろ知紘さんの親なんだし、心当たりがあるかもしれない。

……けど、ないよな。

と、俺は早々にその考えを捨てていた。なにしろ知紘さん自身に「役に立たない」って言われてるくらいだし。

あとは若頭か、前嶋さんか。

千住組本家の内々のことを仕切っている前嶋さんなら、いろんなことにくわしそうだし、顔も広いし、何かわかるかもしれない。ふだんから本家にいる前嶋さんは直属の上司という感じだから、俺としても話しやすいし。

と思って、様子をうかがいつつ、ヒマそうな時にメモを見せて聞いてみたんだけど、「何だ、これ?」と言われてしまった。

「あの…、昨日、知紘さんから頼まれた買い物なんですけど、結局、何なのかよくわかんなくて」

「バカ。そういう時はきっちり確認しろ。ミスしてからじゃ遅いだろうが」

まったくその通りなんだけど。

「生野に確認してもらえ」

あっさりと指示されたが、……多分、それはまずい気がする。

そもそも生野を通さなかったということは、生野に知られたくないことなんだろうし。

やっぱ、若頭か。

スーパー若頭なら、さらっとした顔で教えてくれそうな気もするんだけど。知紘さんも、初めは若頭に頼もうとしてたくらいだもんな。

午前中、俺はそわそわと若頭がやってくるのを待っていた。

顔を出したのは昼過ぎだったけど、やっぱりいそがしそうで、前嶋さんたちとの打ち合わせとか、電話とか、ひっきりなしに動いていて、とても話しかけられる雰囲気じゃない。

で、とりあえず、いつものように若頭のお供《とも》で（正式にはボディガードなんだけど、このほんとした雰囲気はとてもそう見えない）来ていた深津にメモを見せてみる。

と、深津はきょとんとした目で聞き返してきた。もともと細い目がさらに細くなった感じだ。

「なんっすか、これ？　暗号すか？」

うん。安定のクオリティだ。安心した。

「俺もよくわかんねーから聞いてんだよ」

「でも、祐作さんの書いた字ですよね？」

「そーなんだけどなー」

結局、その暗号を解読してくれたのは、遙さんだった。

「あ、もしかして顧問ならわかるんじゃないっすかねー?」

若頭の身体が空きそうになくて落ち着かない俺に、深津が言い出したのだ。

あっ、そうか、と思ったものの、別の意味で遙さんに話しかけるにも勇気がいる。

うかつにこっちから話しかけたりするのが組長に見つかったら、それこそインネンをつけられかねない。

なので、俺と深津は(何かの時には巻き添えにするのだ)、遙さんのマンションの方に届いた郵便物を持って(DMばっかりだったけど)、離れへ向かった。

郵便を運ぶだけなら、ふだんは玄関先の棚においとくんだけど、今日は偶然を装うため、遙さんが一階のリビングにいるのを見計らって、庭先にちょろちょろと姿を見せてみる。

と、うまく遙さんが気づいてくれて、リビングの窓を開けて出てきてくれた。

ご苦労様、と手紙を受け取り、それで用はすむはずなのだが、何か俺が話したそうにしていたのを察してくれたみたいだ。さすがだ。

「何か相談?」

多分遙さんとしては、組長について何か言いたいとか、言ってもらいたいとか、そんなことを考えていたんだろう。

俺がメモを差し出して、「これ、わかりますか?」と聞いた時には、さすがにちょっと妙な顔をした。

「知紘さんから買い物を頼まれたんですけど、内容が全然、わかんなくて」

遙さんになら大丈夫だろう、と正直に打ち明ける。

遙さんはその汚い文字がずらずらと並んだメモを手に取り、わずかに眉をよせて考えこんだ。

「何だろう…？　パティスチュリア……、ああ、パティスリーか。後ろの方のこれ、アルベール・クレモンテルかな？　そういえば聞いたことあるかも。プラリネだよね、多分。もうすぐバレンタインだし。有名なショコラティエだよ、確か」

そうか、バレンタインか！

さわやかに答えられ、目から鱗《うろこ》が落ちるみたいに、ようやく俺も気づいた。なるほど、チョコかっ。

ていうか、これ、チョコの名前なのか……？　どんだけ？　て感じだ。

「プラリネ、って、俺、クリオネの仲間かと思ってました…」

ほけー、と横で深津がつぶやく。

遙さんはくすくすと笑っていたが、……うん、俺も熱帯魚かと思ってた。

遙さんが持って来たタブレットでパッパッ、と調べてくれて、俺の頼りないメモの断片から、店の名前と住所、頼まれたチョコの名前まできれいに書き直してくれる。

た、助かった…。やっぱり遙さんは天使だっ。

「知紘くんからの頼まれもの？　かなり高いよ、多分。しっかりお金持っていかないと」

そんな忠告に、うおっ、と思う。

前嶋さんに相談してお金もらわないと、手持ちがない…っ。

それにしても。

「すごい、くわしいですねー。さすがっすねっ」

深津が感心したように声を上げる。

それに遙さんがにっこりと微笑んだ。

「チョコレート、嫌いじゃないから」

「そ、そうなんですか？」

ちょっと意外だ。

「おいしいんだってね、ここの。最近話題の、若手のパティシエで」

遙さんが指で自分の書き直したメモを指しながら、いかにも意味ありげな眼差《まなざ》しで続ける。

「へえ…」

「俺の好みとしては、フランボワーズと抹茶とビター」

「あの、ハイ……？」

いや、まさか、それは買ってこいと…？

「って、柾鷹《まさたか》に言っといてくれ」

「えっ!?」

俺は思わず、素《す》っ頓狂《とんきょう》な声を上げてしまった。

「妙なもの、買う前にね」

厳かに、強い目力で言われ、ハイ、と俺はうなずくしかなかった。

さすがだ、遙さん……。

組長の行動をばっちり読んでいる。

……ていうか、組長がわかりやすすぎるのか？

そっか。いつも組長がバレンタイン、あげてるんだ。……遙さんの言う「妙なもの」を。

何となく想像はできるけど、したくない。

でも、遙さんはあげないのかなー？

なんかすごい、組長がごねそうだけど。

2月9日

せっかく遙さんに暗号を解読してもらったけど、昨日は買い物に行く時間がなかった。

まずい。今日明日には送んないと、タダじゃすまなくなる。

あせっていたが、しかし今日は、昼前から組長の運転手だった。

どこかのお偉いさん（カタギの人だ。もしかすると政治家かも？）と昼食会だったみたいで、若頭も同行していた。見るからに伝統と格式、て感じの日本家屋で、看板も出てなかったけど料亭らしい。いかにも密談っぽい雰囲気だ。

俺たちは近くの駐車場の車の中で、弁当を食いながら待っていた。

若頭が一緒だと、たいてい深津も一緒なので、俺としても待ち時間が気楽でいい。バカ話しながら過ごせるし。これがうかつに兄貴分だったりすると、話しかけるにも、相づちを打つにも勇気がいる。

二時間ほどで電話が入り、料亭の玄関先まで組長たちを迎えに行って、それから視察なのか、ついでなのか、傘下の組事務所を二つばかりまわった。

帰りは玄関先まで組員総出でお見送りされるのが、や、別に俺がお見送りされてるわけじゃないけど、ちょっと、おおっ、て気分が上がる。

帰りの道すがら、信号待ちで車を駐めると、窓から外に目をやった組長がふと、気づいたようにつぶやいた。

「すげぇ、女が群がってんな…」

「バレンタインが近いですからね。ここ、有名なショコラティエの店でしょう」

リアシートから若頭の穏やかに返す声が聞こえ、俺もふと横を向いた時、あっ！　と深津が声を上げる。

「ここっすよ、祐作さん！」

「え？」

俺もあわてて目を凝らすと、確かに看板は知紘さんから言われた店のようだ。横文字だったから、微妙にあやしいけど。

「なんだ？　おめぇら、こんな店に用があるのかよ？」

「いやっ、あのっ」

背中から組長に聞かれて、俺は思わず背筋をピシッと伸ばしてしまった。

――バカッ、深津っ！

横目ににらむと、すいません、というように、深津がでかい図体でしょんぼりと頭を下げる。

仕方なく、俺は知紘さんからお使いを頼まれていることを口にした。

「ガキのくせに、なに贅沢《ぜいたく》ほざいてんだ、あいつは…。高校生なんざ、板チョコで十分だろ」

ふん、と鼻を鳴らした組長だが、気になるみたいにチラチラと眺めている。

あっ、と思い出して、俺は言った。

「そ、そういえばっ。は…、や、顧問もここのチョコ、お好きだそうですよっ。えっと、フランボワーズと抹茶とビターっ」

ここぞとばかり、言われていたことを一気にまくし立てる。

「遙が？」

あぁ？　と微妙な調子で眉を上げた組長だったが、しばらく考えこんだあと、ボソッと言った。

「じゃあそれ、買ってこいよ。おまえも知紘の買い物があるんだろ？　ついでにすませてこいや」

「えっ、いいんですかっ？」

ラッキー！　と思ったが。

「ここ、車が駐まらないでしょう。流してないとまずいですから、運転手に行かれると困りますよ。……深津、おまえ、行ってこい」

冷静に若頭から指示され、ええええっ！　と深津がこの世の終わりのような情けない顔で振り返った。

「む、無理っす…！　俺っ、わかんないっす！」

ぶんぶんと首を振る。

まー、そうだろうな…、と俺も同情した。

俺だってわかんない。しかも、あの大学生だかOLさんだかの女性の大群をかき分けてミッションを遂行できるのは、かなりの勇者だろう。

「では、私が行ってきます。……十五分後、一周して店の前に車を着けろ。知紘さんの買い物というのは？」

「えっ？　あっ、はいっ」

俺はあわてて、常にポケットに入れたままでくしゃくしゃになっていた遙さんメモを取り出すと、深津が受け取って若頭にまわす。

俺がいったん路肩に車を寄せて停止すると、若頭がドアを開け、颯爽《さっそう》と風を切るようにその高級そうな店に入っていった。

女性客たちがぽかんと、なのか、うっとりと、なのか、その姿を見つめている。

さすがだ、若頭……。背中に惚《ほ》れるぜっ。

ついでに、と他の店も車でまわり、さっさと若頭がゲットして来てくれたおかげで、俺は今晩、荷造りを完了した。明日には送れそうだ。よかった…。

2月10日

荷物は無事に発送できたんだけど、郵便局に持ち込むついでに、と今度は組長からお使いを頼まれた。

神代会系列の他の組だが、千住とは馴染みの名久井《なくい》組の本家だ。

頼んであるものをもらってこい、という、わかりやすいお使いだったわけだが、さすがに別の組の本家に足を踏み入れるのはちょっとビクビクする。

千住の使いです、と名久井の本家になるビルのインターフォンを押すと、すぐに迎えが出てきて、部屋の中に通された。

バーン！　と広い応接室にどっしりと名久井の組長が腰を下ろし、横には若頭の佐古《さこ》さんも、相変わらず強面《こわもて》に笑み一つなく、ピシッと立っている。

渡してやれ、と組長に顎で指示され、佐古さんがスポイトがついた薬の小瓶みたいなものを俺に手渡した。手の中に収まるくらい小さなものだ。

「何に使うのは聞かねぇが、バレンタイン前っつーのがミエミエなんだよな…。ま、千住の兄弟にはよろしく伝えてくれ。そいつは直《じか》に塗ってよし、何かに混ぜて飲ませてもよしの一級品だ。楽しめってな」

にやにやといかにも意味ありげに笑いながら、名久井の組長に言われ、「は、はいっ」と答えるのが精いっぱいで、俺はあたふたと本家をあとにする。

……うん。これが何かは俺もあえて聞かないけど、確かにミエミエだ。

2月14日

バレンタイン当日。俺としては別段、何の変わりもない一日だった。

アニキたちの中には、飲み屋のねーちゃんからチョコをもらったりした人もいたけど。

組長も例の高級チョコを持って、夕方過ぎから早くも遙さんのところへ出かけていった。

遙さんには今回お世話になったし、組長の悪巧みについて少しくらい知らせておくべきか…？と、心は痛んだけど、やっぱり子分としては親分に逆らうことはできない。まあでも、遙さんならそのへんは察して何か手を打ちそうな気もするけど。

遙さんの仕事場であるマンションの方に通販の宅配便が届いてたのを引き取り、八時前くらいに俺は離れの玄関先に持っていった。

クールじゃなかったけど、中身を確認するとどうやら果物らしい。外に放り出したままでいいのかちょっと迷い、声をかけた方がいいのかな、と思いつつ、俺は足を忍ばせて階段を上がってみた。

薄く開いたドア越しに、リビングからかすかに話し声が聞こえてくる。

「……リクエストだろ？」

「なんだ、ホントに買ったのか。ああ…、やっぱりキレイだな」

遙さんのちょっとあきれたような、おもしろそうな声が聞こえてくる。そして、ハッと気づいたようにうかがう声。

「まさか、中に何か仕込んでないだろうな？」

やっぱり、と思った俺だったが。

「ねぇよ。そっちは、これ。オプションってことでな」

組長が低く笑った。

思わず身体を斜めにしながら隙間《すきま》から目を凝らすと、組長がポケットから例の小瓶を出してテーブルにのせていた。

――うおっ。直球か！

「めろめろに可愛くなるやつ」

ニッ、と組長が顎を突き出す。

「ほう？　こういうモノを使わないと、俺をその気にさせられないというわけか？」

どうやら遙さんも中身に察しはついたようだ。

やっぱり媚薬系《びやくけい》――なんだろうなぁ。

「もちろん、自信はあるさ。けど、遊び心は常に必要だ。俺たちみたいに、付き合いが長くなるとよけいにな」

冷ややかに言った遙さんに、ソファにふんぞりかえったまま、組長が胸を張る。

「オプションな…」

遙さんがため息混りに肩をすくめる。どう考えたらいいのか迷うみたいに。

こっそり仕込むんじゃなくて、直球だったのが、かえって迷わせてるのかな。

「チョコのお返しってことで。ちょこっとだけ、使ってみねーか？」

……ギャグ？　オヤジギャグ？

けど、遙さんは華麗にスルーした。単に気がつかなかったのかもだけど。

「バレンタインのお返しは来月だろ？」

「来月は来月さ…。俺としては、こいつを一滴、おまえの乳首とかに垂らしてみたいだけどなー」

「バカだろ」

ふん、と遙さんが鼻を鳴らす。

「だったら、おまえが使ってみたらどうなんだ？」

「俺はもともと、おまえにメロメロだからな」

そんなとぼけた言葉に、遙さんが喉で笑った。

どこかやわらかい、優しい音だ。

「……まあ、こっそりと仕込まなかったことは評価できる」

「だろっ？」

遙さんの言葉に、組長が勢いこんで身を乗り出した。

「準備すること自体、終わってるけどな」

「だからー。倦怠期《けんたいき》を乗り切る一つのアイテムとしてだなー」

うだうだと組長がごね始めた。

「倦怠期だったのか？」

しかしさらりと返された遙さんの言葉に、組長が一瞬、黙りこんだ。

「そーでもない。……か？」

ちょっとうかがうように、組長が尋ねている。

「どうだかな？」

遙さんが意味ありげに軽く首を傾げる。

そしてするりと腕を伸ばすと、チョコを一つとって口に放りこんだ。

身体を伸ばした組長の背中が視界に広がり、遙さんの姿を隠してしまう。

組長の指が遙さんのうなじをかき上げ、濃密な甘い息遣いと、かすかに濡《ぬ》れた音が空気を揺らす。

ハッ、と我に返って、俺はそろそろと階段を下りた。

果物はそのままおいとくしかなさそうだ。

……うーん。今年のバレンタインの駆け引きは、結局、組長が勝ったんだろうか？

スイート・バレンタインが過ごせたら、組長も明日は機嫌よさそうだし、まあ、よしとするか。

九時を過ぎて、道場帰りの深津が若頭を迎えにやってきた。

深津のくせに、両手の手提げ袋にチョコをいっぱい抱えて。

どうやら道場の子からもらったらしい。稽古に通っている小さい女の子とか、保護者のお母様方からとか。

「挨拶代わりの義理チョコですよー」

とか、照れながらほざいていたが、チョコポッキーとかに混じって、結構高そうな箱もあった。

奥様方から危ない火遊びのお誘いじゃないのか…？

と思ったが、深津本人は気づいている様子がないので、俺もあえて何も言わないでおく。

でも、チョコはしっかりお裾分《すそわ》けしてもらった。

最近チョコ、うまくなったなぁ…。けど、俺としては駄菓子っぽいチョコも好きだけどな。

2月18日

この日、本家に一人の客人がワラジを脱いだ。

なんか、見るからに「お控えなすって」とか口から出そうな、昔気質《むかしかたぎ》の雰囲気がある極道だ。

見た感じ、御年七十歳くらいだろうか。小柄で痩せた、結構なじいさまだ。しかし足腰もしっかりとしていて、話す言葉も明瞭《めいりょう》で、かくしゃくとしている。

一応、俺が取り次ぐと、わざわざ若頭が玄関先まで迎えに出た。

「どうも、ご無沙汰《ぶさた》しております、頭」

「ご足労をおかけして申し訳ありません」

じいさまが丁寧に頭を下げると、若頭の方も丁重に礼を返している。

「このたびはご指名いただき、まことにありがとう存じやす。一命を賭《と》して今回の仕事、預からせていただきます」

「どうかよろしくお願いいたします。――ともかく、中へどうぞ。組長もお待ちですので」

どうも、ともう一度、頭を下げて、じいさまが玄関先で靴を脱いだ。

その緊迫した挨拶に、俺の心臓がドクドクと音を立てる。

――一命!? って何? 何する人っ?

まさか……ヒットマン…っ!?

押忍。指定暴力団神代会系千住組部屋住み、木野祐作っす。

もうすぐ三月。ていうと、社会人だと年度末ってことになる。いろいろといそがしい季節っぽい。

や、俺も社会人だけどなっ。……なのか? だよな、一応。

ていうか、俺の場合、季節に関係なく、一年中バタバタいそがしいしな…。

それに三月というと、卒業の季節だ。なんか、街中でも学生ぽいのがワサワサ増殖してる。知紘さんや生野も、四月から高三……になるんだっけ。進路とかどうするんだろ？　いやまあ、知紘さんの進路は最終的には「組長」なのかもだけど。

ハッ！　てことは俺、いずれは知紘さんの下で幹部とか（出世してれば）やることになるのか!?

いや……なんか、今の組長よりは組が安定しそうだけど、それはそれでちょっと……恐そうだ。何かヘマしたら、にっこり笑ってバッサリとクビ……ていうか、指を切られそう。

もしかして、今の組長の下の方が気楽は気楽なのかなあ…。いやまあ、いろいろと無茶ぶりされるのは、大変なんだけど。酔っ払った時のお世話とかも、大変なんだけど。

それにしても、俺が部屋住みを卒業できるのって、いつなんだろーなー…。

2月19日

昨日、千住の本家に来たじいさんは、どうやらしばらく滞在するらしい。客人という待遇だ。頭や前嶋さんもかなり気を遣っていて、結構な重要人物みたいだ。

――やっぱり、伝説のスナイパー…？

でも、先代の十三回忌法要という一大イベントを前に、バタバタしてるこの時期、いったい誰を…？　まさか、法事中にこっそり、客の誰かを暗殺とかいうんじゃないよな。さすがにそれはヤバすぎる。

ハッ、もしかして、このじいさん、痕跡を一切残さずターゲットの息の根を止めることができたり…!?

すげぇ、ハードボイルド…！

ドキドキしながら、俺は前嶋さんに指示されて、宅配で届けられたじいさんの荷物を抱えて中へ運びこんだ。

一階の静かな奥座敷に、二間続きの広い部屋が構えられている。

「こんな結構な部屋を…」

「今日のところはどうかゆっくり身体を休めて、明日からの長丁場に備えてください」

腰が低く、恐縮するじいさんに、自ら案内してきた前嶋さんが丁重に言葉をかけていた。

「うちの若いの、好きに使ってやってください」

荷物を抱えたまま廊下で立っていた俺が顎で指され、俺はあわててぺこりと頭を下げる。

「どうも、よろしく頼みますよ」

言葉はやわらかかったけど、ちらりとこちらに向けられた眼光は鋭く、俺はビクッと背筋を凍らせた。

や、やっぱりこの人……？

「とりあえず、その荷物、中へ運んでもらいましょうかな」

指示されて部屋に入り、隅の方にとりあえず下ろしていると、背中から二人のやりとりが聞こえてくる。

「隣の部屋が寝間になっていますので。風呂もあとで案内させます。机はこれでよかったでしょうか？」

「ああ…、ええ、申し分ありませんよ。何から何まで申し訳ないですねぇ…」

「いえ、マサさんの重いお役目からすれば、当然のことです。何かありましたら、遠慮なくお申し付けください」

そんな前嶋さんの言葉で、じいさんが「マサさん」という人だとわかる。

「とにかく道具だけ、先に点検しておきましょう。不足があるとまずいからねえ」

と、マサさんが振り返った。

「荷物、開けてもらえるかね？」

「おい、大事な道具だ。丁寧に扱えよ」

前嶋さんにピシリと念を押され、はいっ、とビクビクしながら、俺は段ボールのガムテープを引き剥《は》がした。

中には何やら、黒い布を巻いたようなものがいくつか、そしてプラスチックケースの中にはさらしみたいなのに厳重に包まれた塊が入っている。

何だろ…？　と思いつつ、俺はビクビクとそれらを取り出して、順に二人の前の小さな机の上に並べていった。

さらしに巻かれた塊《かたまり》は何やらずっしりと手に重く、まさか「道具」ってやっぱり…？　とドキドキしてしまう。

や、俺、拳銃《チャカ》を自分の手で持ったのって、初めてだ。おそるおそる机にのせると、マサさんがおもむろに手に取り、巻いていたさらしを解いていく。

思わず身を乗り出してしまった俺の目に入ってきたのは、何やら黒い塊だった。

四角くて黒い。どっかで見たような？　と思ったが……どう見ても拳銃ではない。

「マサさんは文字を書いてくださる人だ」

拍子抜けしたような、いかにもクエスチョンマークが浮かんでるみたいな顔をしていたのだろう。

前嶋さんが説明してくれる。

「字？」

しかしますます意味不明になった俺に、さらに続ける。

「主に各組の組長たちの名前だな。法要や精進落としの席で、参列する組長たちの席札とか、返礼品への名入れとか、案内状とか、いろいろな」

へー…、と思わずうなってしまった。

そういえば黒い塊は、書道で使う硯《すずり》とかいうヤツだ。あと墨に、……何ていうんだっけ？　紙の下に敷くヤツ。それに筆とかも、何種類も持ってきているらしい。

そうか。このじいさまは伝説のヒットマンではなく、書道の人だったのか。よかった…。

いやでも、なんで「一命を賭して」なんだろ？

首をひねっていると、前嶋さんが緊張感のない俺の声にか、重々しく続けた。

「大変な仕事だぞ。うっかり客人の名前の漢字が間違っていたりしたら、指が飛ぶ」

「へっ!?」

その言葉に、より緊張感のある「へっ」が俺の口から飛び出した。ぞわっ、と背筋が冷たくなる。

「いやいや…、こう言っちゃなんですが、襲名披露《しゅうめいひろう》なんかに比べりゃ、まだまだ気は楽ですよ」

マサさんがおっとりと微笑む。

なんか、職人！　を感じさせてすごい。

組の中で、そういう仕事を専門にしてんのかなあ…？　ていうか、ヤクザもいろいろできなきゃなんだな…。

そうなんだよ。暴対法以降、カタギの皆様とのおつきあいが難しくなったから、その分、内々で片付けなきゃいけない仕事も増えてるし。俺も何か、特技とかあった方がいいのかな？

真剣に考えてしまう。

「先代にはひとかたならずお世話になりましたからねぇ…。この年になっても、こうしたお役目をいただけるのはありがたいことですよ」

しみじみと言ったマサさんに深くうなずき、前嶋さんがこっちに厳しい視線を向けて言った。

「法事までのひと月、マサさんには本家にお泊まりいただくからな。おまえたちもしっかりとお世話するんだ」

「なに、こんな老いぼれですからね。そう面倒はかけないよ」

背筋を伸ばし、はいっ！　と勢いよく答えた俺に、マサさんが顔の皺《しわ》を深めて笑いかけた。

……というわけで、今日から俺たち部屋住みが交代で「マサさん番」につくことになった。廊下や声の届くあたりに控えていて、お茶とか、マッサージとか、声がかかると飛んで行くのだ。

俺たちもいそがしくなったわけだけど、そんな慌ただしさに着々と近づいてくる法要の重大さがじわじわ身に沁《し》みてくる。

やっぱ、こういう義理事ってヤクザにとってはメンツなんだよな。

2月22日

今日は運転手で組長を料亭に送り届けると、少しばかりフリーの時間があった。

本来、駐車場で組長の帰りを待ちながら待機、なはずだけど、さすがに料亭の方にも体面がある。人相の悪い連中に二時間ほどもだらだらといられては、人目につくし、やはりまずいのだ。ヤクザだとわかっていて、素知らぬふりで場所を使わせてもらっているわけで、こちらもご迷惑をかけるわけにはいかない。

……というわけで、ボディガード代わりの幹部が数人、組長とともに中へ入った以外は、おのおの連絡があるまで目立たないように近くで待機、ということになる。

パチンコに行ったり、この機会に自分の買い物へ行ったり、散髪に行ったり、と兄貴たちによっていろいろだったけど、俺はタオル一枚を手に、あらかじめチェックしておいた最寄りの銭湯ののれんをくぐっていた。いわゆるスーパー銭湯じゃなくて、昔ながらの小さな銭湯だ。

昭和の香りのする（俺はまだ生まれてないけど）木製のロッカーに服を放りこみ、タオル一枚を持って浴室へ入ると、身体を洗ってからゆったりと大きな湯船で足を伸ばした。ふはー…っ、と無意識におっさんみたいな声がもれてしまう。

ヒマを見つけてひとっ風呂。都内の銭湯巡り。

今年に入って覚えた、密かな楽しみだ。

正月明けくらいだっけかな。夜になってから、兄貴が翌日必要なものを買い忘れたとかで、俺がお使いに出された時だ。

帰り道、暗い中でうっかり水たまりに片足をつっこんでしまって、寒いわ気持ち悪いわで、ちょっと泣きそうになった時、ぼんやりとした銭湯の明かりが目の前に見えたのだ。

泥だらけで帰ったら笑いものにされるのは間違いないし、お使いは明日の朝までに兄貴に渡せればいいわけで、俺は閉まる間際だった銭湯に飛びこんだ。

何かもう、それこそ極楽っていうのか、温かい湯船いっぱいに凍えた身体を伸ばすと、日頃の疲れが癒《い》やされるみたいだった。汚れていた靴も、見つけた番台のおばちゃんがザッと泥を落としてくれてて、人の優しさに涙が出そうになる。

日本伝統のハダカのつきあいってやつは、何て言うか、距離が近くなるのかな。……いや、もちろん、番台のおばちゃんとハダカのつきあいをしたわけじゃないんだけど。

「イジメなんかに負けちゃダメだよ！」

と、帰りにばしっと背中をたたかれ、何て言うか、微妙に誤解されてるっぽかったけど、俺は勢いで、はいっ！　と返事をしていた。

まー、兄貴とか組長とか組長とか兄貴とかからの無茶振りは、ある種のイジメと言えなくもない。

ともかく、それから俺は「銭湯」がちょっとしたマイブームになっていた。

タオル一枚あればいつでも行けるし、パチスロとかに比べても、全然金はかかんない。何より気持ちがいいし、リラックスできる。

本家の風呂も結構大きいんだけど、やっぱり銭湯ほどじゃないし、種類があるわけじゃないし。一番いいのは、自分が風呂掃除しなくていい、ってことだ。正しくお客様気分を味わえる。

いやー、やっぱり入れ墨とかしないでよかったよなぁ…。しみじみ思う。

昔、千住に入った当初は、粋がって入れようかと思ったこともあったんだけど、若頭に止められたのだ。必要がなければ入れるな、って。

その「必要」ていうのは、つまりよっぽどの状況、覚悟を示す時じゃなければ、ってことらしい。それこそ、命がけの。

千住では基本、墨は入れないのが不文律みたいだった。組長からして入れてないし。

なんか時々、組長が「タトゥーシール、貼ろっかなー」とかカタログ見てるけど、……さすがにそれはどうなんだろう。ヤクザの組長としては情けなさすぎないか…？

ともあれ、あー、と低いうなり声を上げながら、俺は右肩から腕、手の方までマッサージするみたいに揉《も》んでいった。

いやもう、マサさんの墨をするのを手伝うようになってたんだけど、これがすごい大変で。なにせ、墨の種類（?）によって力の入れ加減とかが全然違うのだ。「粘ってる！」「気泡がたってる！」「薄い！」と、何度やり直しさせられたことか。やはり職人気質で、妥協してくれないのだ。むっちゃ、肩が凝る。

と、目の前の洗い場で無造作に髪を洗っていた男にふと、目がとまった。

あれ…？　という感じだった。

どっかで見たような気がする。知り合いだっけか…？

年は俺と同じくらい。ちょっとばかし背が高くて、がっしりした体格だ。

もしかしてどこかの組の組員とかだと、ちょっとまずい。いや、まずくはないけど、覚えてないのがまずい。敵か味方かもわからないと、対応に困るのだ。

けど、鼻唄交りに脳天気に髪を洗ってる様子を見ると、とてもヤクザの緊張感はないよなぁ…。

……あれ？　俺もか？

ま、気のせいか。

とりあえず結論づけて、俺はジェットバスに入り直した。

うん。泡が気持ちイイ。

あー、もうすぐ二月も終わりかぁ…。三月はもっといそがしくなりそうだよな。

がんばんないとなっ。

というわけで、今日は景気づけにフルーツ牛乳を飲んで帰った。

2月27日

今日も若頭や前嶋さん、それに配下の組長さんたちが頭をそろえて、法要の打ち合わせをしていた。

部屋住みの俺たちとしては、常に気にしてお茶出しとかしないといけない。

それに加えて、本家の中の細かい補修作業なんかも始まっていた。壁のペンキを塗り直したり、少しばかり見苦しい物置を撤去したり、雨樋《あまどい》を直したり。

今日は庭師のオヤジさんが、庭木の剪定《せんてい》作業にやってきた。弟子《でし》みたいなのを二、三人引き連れて、数日かかるらしい。

そっちの職人さんへのお茶出しも俺たちの仕事になる。茶菓子を考えて買いに走るのが、毎日、結構面倒だ。

でも、こういう細かい作業の積み重ねが必要なんだな。俺なんか、指示されないと、全然そんなとこまで気がまわんないけど。

3月3日

そういや、今日ってひな祭りか。

……まったく関係ないけどな。ヤクザになったら、さらに縁がない。そもそも女に縁がない……。

うーん、幹部くらい羽振りがいいと、もっとモテんだろうけどなー。

先代の十三回忌法要の準備は、着々と進んでいる。……はずだ。

若頭はまだ、いつもの通りに冷静に涼しい顔をしているけど、その指示で動いている幹部の組長たちは、日に日に殺気立っていた。

廊下や庭先でよく電話で打ち合わせなんかをしてるんだけど、その声が始めの頃は笑い声とかも混じってたのが、このところはほぼ怒鳴り声になっている。仕出しの料理とか、祭壇の準備とか。そもそもお坊さんとか。いろんな手配にも暴対法以降は規制が厳しくて、なかなか思うようにいかないところも多いみたいだ。

千住なんかは、まだ昔馴染みのカタギの皆様がこっそり応じてくれたりはしてるみたいだけど。

余裕がなくなってるんだな、っていうのがわかるから、俺たちもうかつに近づけない。

本家の中の空気もピリピリとしていた。

この状態がまだしばらく続くのか…、と思うとちょっと胃が痛くなってくる。

やっぱり一日、バタバタといそがしかったけど、夕方になってから、作業は明日、朝一に来る連絡待ち、ということで、ぽっかりと余裕ができた。

Xデーまでのラストスパート前に少し休んどけ、という前嶋さんからの指示で、兄貴たちは飲みに行ったり、風俗に行ったり、パチンコに行ったりという感じで、俺も誘われたんだけど、なんとかごまかすように断った。

そうでなくても心身ともに疲れているのだ。こんな時こそ、銭湯である。

この趣味は兄貴たちには話せない。

なんか、バカにされるのがオチ、っていうのもあるんだけど、……なんだろ、自分だけの秘密にして、こっそりと楽しみたいって気がして。

うっかり兄貴たちと行くことになったら、背中を流したりなんだりで、本家の風呂に入ってるのと変わんないもんな。

今日はちょっと遠出して、前々から目をつけていた老舗《しにせ》の（？）銭湯へ行ってみた。

時代の流れか、こぎれいでモダンな外観に生まれ変わっている銭湯も多いんだけど、ここはうら寂れた風情漂う——正直、経営は大丈夫か？　って気はするんだけど——本当に昔ながらの小さな銭湯だ。下町の、住宅地の中にぽつんとある。

いそいそと湯のれんをくぐると、てかてかと黒光りする年代物の番台にちょこんと小柄なおばあちゃんがすわっていて、おお、という気分になる。小さな脱衣所はロッカーではなく、壁際の棚にカゴを入れるスタイルだ。

服を脱いで中へ入ると、正面にはババン！　と富士山《ふじさん》のタイル画が出迎えてくれた。両端に縦二列に並んだ洗い場と、奥に大きめの浴槽、一角に水風呂、そして薬草風呂らしい黄色い湯と電気風呂みたいなのに仕切られているのが見える。

うん、ムダなものがなくていい感じだ。

俺はほくほくと身体を洗って、とりあえず大きな湯船に肩まで浸かった。

ほー…、と長い息がもれる。

首をまわして、少し熱めの湯を身体の奥まで馴染ませてから、ようやく落ち着いてあたりを見まわした。

客は俺を入れて五人ほど。ほとんどが頭のハゲたじいさまだ。近所の常連さん、って感じだろうか。顔見知りらしくて、最近、誰々の顔を見ないねぇ、とか、近所の野良ネコがどうとか、将棋で孫に負けたとか、平和なやりとりをしている。

……なんだけど。

俺はちろっ、と同じ湯船に入っていた男を横目にうかがった。

俺の少しあとから入ってきた同い年くらいの若い男で、頭にタオルを乗せ、まったりとした様子だ。

なんかこいつ、見たことあるよな…、という気がして、ハッと気がつく。

そういえば、この前も銭湯にいたのだ。いや、よく考えてみれば、その前にもどこかで見かけた気がする。

もちろん、全部違う銭湯だったし、場所的にもかなり離れている。

なんで……？　まさか俺、つけられてたのか…？

そんな想像に、ちょっとドキリとした。

どこか別の組の人間だろうか？　いや、でも、どう考えても俺みたいな下っ端《ぱ》をつけ回しても意味ないし。

あっ、でも、もしかして見せしめ的に千住の人間なら誰でもいいとか…？

そんな想像に、温かい湯の中でゾクゾクしてたら、ふいにその男がこっちを向いた。

さすがにガン見していたのに気づいたのか。まともに目が合う。

が、素っ裸のこの状況じゃ、どう動きようもない。おたがいに、だ。

一瞬、固まったんだけど、次の瞬間、男がパッと顔をほころばせた。

「あ、あんた…、この間、『香美《かみ》の湯』にいなかったか？」

「へっ？　……あ、あぁ……まぁ」

無邪気な様子で朗らかに聞かれ、思わず間の抜けた声がもれる。

「やっぱり！　すげーなっ、こんなとこでまた会うなんて。え、やっぱりあんたも銭湯マニア？」

勢いこんで、にこにこと聞いてくる。

——銭湯マニア？

「や…、てほどのもんじゃないけど…、まぁ、好きかな」

そうか、そっちか。そりゃそうだよな…。

ちょっと安心したのと、妙に照れたので微妙に視線を泳がせつつ、小さく答えた俺に、男がいきなり、がしっ、と手を握ってきた。

「俺もなんだよ！　うれしいなーっ。まわりにこの趣味、わかってくれる人がいなくてっ」

「あー…、俺も。ていうか、俺の…、その、職場だとちょっと言いづらくて」

「わかるよ、それ。俺も同僚のやつらって、ジムとかサウナとかは普通に行くんだけど、銭湯っていうとなんか、バカにされる気がしてなー」

「そうそうっ、そうなんだよなっ」

ため息をつくように言った男に、俺も思わず盛り上がってしまった。

そうなのだ。兄貴たちもサウナとかはわりとよく行くみたいなんだけど、俺としては何も好き好んで暑いのや息苦しいのを我慢したくない。

なんだろ、サウナというと、同じ裸のつきあいでもすごい汗だくで濃厚な気がするんだけど、銭湯だとまったりさわやかなイメージなのだ。清いつきあい、っていうのかな？

「あんまり騒ぐなよ、若いの。声が響いとるぞ」

盛り上がりすぎてじいさまの一人にたしなめられ、すみませんっ、と二人でおとなしく湯船に浸かる。

しかし、俺は一気にこの男と意気投合してしまった。

男の名前は、新井颯人《あらいはやと》。社会人二年目で同い年らしい。

愛嬌《あいきょう》があり、まっすぐな熱血好青年て感じだ。

「やっぱり、風呂上がりはコーヒー牛乳だぜっ」

「俺はフルーツ牛乳派だなっ」

そんなことを言い合いながら、古式ゆかしい伝統に則《のっと》って、タオル一枚を巻いた腰にびしっと手を当て、風呂上がりの一本を一気飲みする。

そしてその流れで、一緒に一杯やりに行くことになった。

おたがいに持ち物と言えば、タオル一本。それに財布と携帯くらいで、身軽なのがいい。幸い、今日は時間もある。

近くの居酒屋に入って、今度はビールで乾杯した。

「やっぱ、癒やされるんだよなー…。銭湯って。あのまったりした感じがいいよ」

颯人のそんな言葉に俺も大きくうなずく。

「サウナって、なんか戦闘態勢に入る前の儀式って感じだろ？　銭湯は違うんだよ。疲れを癒やしてくれるんだよ」

「そうそうそうっ。なんでその感覚、みんなわかってくれないかなー」

ぼやく颯人に、俺もため息をつく。

「なんだろなー…、俺の先輩って、マッチョ系？　多いせいかなぁ。血の気が多いっていうか」

まあ、そうでなきゃ、ヤクザなんかやってないんだろうけど。

「あ、俺も俺も。なんか、カラダ自慢になったりするんだよな…。うちの会社、上下関係、厳しくてさー。ヘタなこと言えないし。すんげぇ縦社会なの」

生ビールのジョッキを片手に、颯人が大きくうなずく。

「うわ、マジ？　俺も同じっ。アニ…、上司の言うこと、ころころ変わるし、パシリにされるし。まー、まだ一番下っ端だからしょうがねぇんだけどな」

「わかる！　わかるぜ、それっ。下っ端はツライよなーっ」

「颯人くんっ！」

「祐作くーん！」

テーブルの上で腕相撲するみたいにがしっと手を握り合い、ほろ酔い気分の勢いもあって、なんかここぞとばかりにおたがいに仕事の愚痴《ぐち》を言い合った。

もちろん、自分の「仕事」の内容とかは言えなかったけど。

考えてみれば、当然のごとく俺のまわりは千住の人間ばかりで、今までちょっとした愚痴をこぼす相手がいなかったのだ。まあ、深津なんかだと、以心伝心というか、おたがいの状況がわかってて、口にしなくても通じるところがある。気が楽な分、やっぱり今のところ唯一の後輩で、俺としてはあんまし弱音は吐きたくない。

こんなふうにまったく無関係の人間に、ヘンな気構えなく愚痴れるのがいい発散になるんだろう。

「うまく時間が合ったら、また一緒に銭湯、行こうぜっ。お勧めのとこ、チェックしとくからさ」

そんな颯人の言葉に、おう！　と俺も声を上げ、連絡先を交換する。

おお…、俺の携帯に入った唯一のカタギの人だ。こういう、ふだんの生活と無関係な友達っていいよな。

でもやっぱり、素性を言えないのはちょっとツライかなぁ…。

3月10日

今日は遙さんの様子がちょっとおかしかった。出かけた感じじゃないのに、夜になっても部屋の明かりがつかなくて、真っ暗なままで。

また組長が何かエロいことを仕掛けて怒らせたのかなー、と疑ってたんだけど、そうでもないらしい。

夜更けにこのこと離れに組長が入っていくと、ようやく二階に明かりがついてちょっとホッとした。

それからすぐに何か……ええと、切れ切れにエロい声とかも聞こえてきて。

いやっ、閉まった窓越しだったからほんのかすかに、だったんだけど、何つーか、だからこそよけいにエロいっつーか。

あっ、とか、うっ、とか、押し殺した短い声や、時々かすれた高い声に、頭の中で想像が……

その、つまり。

はっ、ヤバい。こんなとこ見つかったら、組長に殺されるっ。

3月11日

ゆうべは当然のようにお泊まりだった組長が、今日は遅めの昼過ぎに遙さんとこから帰ってきた。

たまたま（あくまでたまたまだ）離れから母屋に通じる庭先を掃除していた俺に目をとめて、組長がちらっと出てきた離れを顎で示す。

「ちょい気をつけて、飲み物とか食い物の御用聞き、してやってくれ。下から声をかけるくらいでいい。返事がなけりゃ、そんままでいーから」

そんな言葉に、さすがに心配になった。

「は…、や、顧問、どこか具合でも悪いんっすか？」

思わずホウキを握りしめて聞いてみる。

体調、悪いのかな。

「そうじゃねぇよ」

それにちらっと苦笑して組長があっさりと言った。いつになくちょっと渋い。

「ま、しばらくは好きにさせとけ」

その言い方だと、本当に身体の具合が悪いわけじゃなさそうだけど。

今、本家中が法要の準備でバタバタしてるから、遙さんも気を遣ってるのかもしれない。

なんか、遙さんはいてくれるだけで安心するんだけどなぁ…。やっぱ、組長を操縦できるのって遙さんだけだし。

そういえば、遙さんって法要の時、どうするんだろ？　顔出したりするのかな？

顧問って役職からすると、千住の身内でもあるし。……あ、でも顧問ってのは便宜上ってだけで、正式な組員ってわけじゃないんだっけ。カタギの人なんだよな。組長の愛人ってだけで。

……いや、それだけでもすごいと思うけど。いろんな意味で。

3月14日

あ、そういや今日はホワイトデーだ。

だからって何もないけど、今にして思えば、先月のバレンタインの騒ぎなんて、全然たいしたことなかったんだな…。

先代の十三回忌法要まで一週間を切って、本家の中は切迫感に包まれていた。幹部の兄貴たちは形相《ぎょうそう》が変わってて、もううかつに近づけないくらいだ。

お世話をしてるマサさんも、始めの頃の穏やかさはみじんもなくて、一心不乱に筆を握っている。鬼気迫るものを感じるくらいだ。

俺たち下っ端としては、それこそ使いっ走りくらいしかできなくて、実際、ここ数日はあちこちと走りまわっていた。

それもなんだけど、俺としては遙さんのこともちょっと心配だった。

あれからまったく姿を見せないのだ。かといって、別宅（前に暮らしていたマンションだ。今は仕事場にしているらしい）に行ってるようでもないし。

いつもなら、何かの用事（マンションに届いた郵便物を届けたりとか）の時にはちょこっと顔を合わせたりとか、外回りの掃除の時に見かけて挨拶したりするんだけど。

なので、組長に言われた通り、俺は時々、階段の下から声をかけるようにしていた。

確かに部屋にいる気配はあるのに、仕事に集中してるのか、返事がない時もあったし、気がついたみたいに飲み物を頼まれることもある。組長も日に一回くらいは顔を出してて、組長から適当な食事を指示されたり。

なんか遙さんも大変そうだ。

この日の夕方、颯人から、今日はどこどこの銭湯に行ってみる、って連絡が入った。

あれ以来、なかなか合う時間がなくて（ていうか、基本、俺に休みがないから当然だ）おたがいに行った銭湯の情報を交換するくらいだった。

まあでも、このくらいの距離感が付き合いやすくていいかもしれない。

どうやら今日、颯人は代休らしい。まともに休みがあるだけ、うらやましい。

と思ってたら、若頭からお使いを頼まれた。洋服屋に行って礼服を引き取ってこい、ってことで、車を使わせてもらえた。ラッキーなことに颯人の言ってた銭湯に近くて、軽く汗を流すくらいできそうだ。

俺は手早く洋服屋からかなり大きめの箱を引き取ると、なんとか銭湯を探し当て、近くのパーキングに車を駐める。

銭湯の脱衣所へ入ると、颯人はちょうど上がったところで、古びたマッサージチェアで肩を揉んでいた。

「よう、来たのか」

「ちょっと仕事、抜けてきた」

大きな笑顔で迎えられ、俺も片手を上げて軽く返す。同好の士との、そんな何気ないやりとりがちょっと楽しい。

考えてみれば、組長とかは銭湯って行ったことないんだろうなぁ…。結構、好きそうだけど。

まあ、うっかり組長が来るなら、貸し切りとかにしなきゃな。組長はともかく、お供の兄貴たちが極道すぎるし。背中のモンモンはなくても、あの極道面だとカタギの皆様がいっせいに引きそうだ。

3月18日

知紘さんと生野が、地方の全寮制の学校から帰省してきた。法要のため、っていうより、春休みに入ったらしい。

なんか高校生だなー、て気がする。

生野が帰ってくると、いろいろと手伝ってくれるからずいぶんと助かった。

いやもう、直前なのだ。準備はほとんど終わっているはずなんだけど、厳密な最終確認とそれにともなう細かい調整で、本家中は騒然としていた。

俺も今日は掃除に精を出す。ふだんは使っていない部屋とか、見逃している細かいとことか。

それだけで一日がかりだった。

3月19日

前日。昼過ぎに三島《みしま》の姐《あね》さんが本家を訪れた。組長の亡くなった母親の妹だとかで、組長からは叔母になるのかな。

義理事に女は顔を出せないので、一足早い挨拶と、そしてどうやら遙さんに会いに来たらしい。言われて、俺は離れまで遙さんを呼びにいった。

ちらほらと顔を見せる、そんないつにない客人の姿にも、いよいよ、って気がする。

みんなもう、目が血走っていた。恐い…。マジ、恐い。通常仕様で脳天気なのは組長くらいだ。それはそれで大物だよな…。

ああ、神様！　ヤクザの神様！　どうか無事に明日が終わりますように！

全部終わったら、銭湯行ってゆっくり身体を伸ばすぞっ。

あー、今度は深津のヤツも連れてってやってもいいかもなー。

3月20日

法要当日。黒っぽいスーツにピシッと着替え、息を吸いこんで、俺は本家の門を大きく開いた。

あらかじめ聞いてはいたけど、目の前には、みっしりと警官隊が警備に立っていた。
いっせいに何十もの鋭い視線が俺に突き刺さる。
そして真正面に——颯人がいた。
警察官の制服姿で、大きく目を見開いて。
……え？　マジ？

押忍。指定暴力団神代会系千住組部屋住み、木野祐作っす。
いよいよ本番だ。

先代の十三回忌法要。
日に日に高まる組全体の緊張感（組長を除く）のせいで、俺は今日も朝早くから起きていた。ていうか、ゆうべ遅くまで最終準備に追い立てられてて、ほんの三時間くらいしか寝てない。むしろ仮眠だよな、これ。それでも妙に目は冴《さ》えてんだけど。

三月下旬で、まだかなり冷えこんでる朝の空気がビシバシと肌を刺す。

何かもう、意味もなくいきなり叫び出したくなるくらいの緊張で、ふいにぶるっと身震いした。

——あああああああああっ！

これも武者震いとかいうんだろうか？

なんつっても、俺がこの千住組に来てから史上、最大のイベントになるのだ。

集まる系列の組や友好団体の組長さん、幹部だけで百人超。さらに引き連れてくる子分やら運転手やらで、本家に押しよせるのはすさまじい数になる。

さすがに俺も、それだけのザ・ヤクザが一堂に会する場面は初めてだ。ちょっとくらい震えたって当然だろう。

けど、十三回忌ってことは先代は十三年前……や、十二年前になるのか、亡くなったわけだ。

もちろんその当時、俺が千住にいたわけじゃない。つーか、十歳かそこらの洟《はな》垂《た》れ小僧だった頃だ。

先代の話は、兄貴たちからちょこちょこと耳にしたことはある。やっぱり男気のある豪快な人だったらしい。破天荒なエピソードも多くて、……まあ、聞いた感じ、今の組長とも多少、かするところもあるかもな。親子だもんな。

でも組長よりはもっとしっかりしてて、カリスマな感じ……あわわわわっ。

じゃない、今の組長にもその血が受け継がれてるわけだ。うん、多分。うん。

二、三日前にはもう、会場になるぶち抜きの大広間が整えられ、祭壇やら遺影やらが飾られてたから、俺もあらためて先代の写真を見たんだけど、やっぱり組長とも顔が似てる。もっと渋くてカッコイイけど。

……ハッ！　や、同じくらい？

十二年前だと、享年《きょうねん》は四十代なかばくらいだろうか。若いよな…。ていうか、抗争だったんだよな。子供心に、連日ニュースで騒いでたのがおぼろげに記憶にある。

生きてたら先代が俺の「オヤジ」になってたはずで、……てことは、組長は「若」ってことか。

……ぷっ。げふっ。

でも一回くらい、先代には会いたかったよな…。合掌。

3月20日（続き）

「おいっ、祐作！　警官隊にびびってんじゃねぇっ！」

背中から頭をどやされる勢いで兄貴の叱責《しっせき》が飛び、俺はようやく我に返った。

法要の朝、本家の門を大きく開いたとたん、目の前に立っていたのは物々しい警官隊の姿。

が、正直なところ、俺が驚いたのは本家を取り囲むように圧力をかけていた警官隊ではない。

それはあらかじめわかっていたことだ。

が、兄貴がそう勘違いしてくれたのなら、その方がいい。

とっさに、すいませんっ、とあやまって、俺はあわてて引っ返すと奥の準備にもどった。

しかし心臓はバクバクと音を立てている。

――あれ、颯人、だよな…?

頭の中で、さっき門が開いた時、真正面に立っていた若い男の顔を思い出す。

まだあたりは薄暗かったけど、多分、間違いない。いつもとはまったく違う制服姿だったけど。

つーか、いつも会う時は裸だったわけだけど。

や、別にヘンな意味じゃない。おたがいにいい銭湯仲間ってことだ。

仕事の合間に疲れを癒やし、愚痴を言い合うような。

けどまさか、あいつが警官だったとは…。

――颯人も俺がヤクザだったとは思ってなかったんだろうな…。

それこそ、鳩が豆鉄砲を食ったような顔をしてた。

ハァァ…、と知らず、肩から大きなため息がもれてしまう。

せっかく、組に関係ないカタギの友達ができたと思ったんだけどな…。

それこそ裸のつきあいで、社長（組長）の愚痴とか、上司（兄貴）への不満とか、いろいろ聞いてもらってたんだけど。

考えてみれば、ヤクザも警察も同じようながっちりした縦社会だ。同じような悩みや不満があって、共感できて、それで気が合ったんだよなぁ…。

おたがい調子に乗って、日頃の愚痴をぶちまけてたけど、……うう。まさか、警察から密告があるなんてことはないよな。

つーか、もう会える立場じゃねーのか。

淋しいよな…。そりゃ、ヤクザなんてアウトローで孤独な稼業なんだけど。


……なんて、感慨にふけっているヒマは、今日の俺にはなかった。

ようやくあたりが明るくなり始めた、朝の六時過ぎ。

メモ書きのリストをにらみながら、俺は一つ一つ手順を確認し、点検に回っていた。

広間……座布団よし。仏壇よし。お供《そな》えよし。線香立てと、鳴らすやつもよし。仏膳《ぶつぜん》よし。えっと、中身、間違ってないよな。ご飯と、煮物と……

「箸《はし》は向こう側だ。仏様が食べる側。つぼ椀《わん》と平椀の位置も違う」

と、いきなり背中から声がかかり、俺はあせって振り返った。

若頭だ。ゆうべは本家に泊まりだったはずだが、朝早くからきっちりとしたスーツ姿。こんな日だが、やはりいつも通りに落ち着いている。

「っはようっす！　すっ、すいませんっ」

挨拶もそこそこに、俺はあわててお膳の上で箸を置き直す。

そ、それと……つ、つぼ椀？

とまどっていた俺の横から手が伸びて、若頭がスッスッ、と小さな椀を置き直してくれる。

と、ふとその手が止まった。

「中身が逆だ。入れ直してこい」

摘まみ上げるように小さな椀が二つ、持ち上げられ、えっ？　と顔を引きつらせつつ、それを受け取った。

「ハイっ！　すいませんっ」

――逆？　てつまり、入れる中身が決まってるってこと？

入れたのは自分ではなかったが、あせりつつ俺はそれを台所へ持っていく。

「あのー、若頭が」

と、「若頭」を強調しておそるおそる差し出すと、まかない担当の兄貴が顔をしかめて拳《こぶし》で自分の額をたたいた。

「くっ…、マジか」

板前出身の人で、腕は間違いなく、千住の台所の主《ぬし》である。

まあ、組長とか若頭とかは夜は外食が多いから、朝飯の他は小腹が空《す》いた時の夜食を作ってるくらいだけど、俺たち部屋住みの日々の食事はこの兄貴にかかっている。

ま、俺たちの飯ならさほど気を遣ってるわけじゃないんだろうけど。でも機嫌がよかったらリクエストも受け付けてくれるし、実際飯はうまいし、ありがたい人である。

俺より五つばかり年上で、寡黙な板前って感じのいつも落ち着いてる人なんだけど（それだけに迫力はあって、包丁を持たせたらちょっぴり恐い）、さすがに今日はテンパってるみたいだ。

今日なんかだと、さすがにキャパを越えてるから仕出しをとるのだが、それでもお茶とかコーヒーとか茶菓子とか。ビールや酒の手配とか。やっぱり朝から台所も戦場になっている。いつになく積み上がっている、湯飲みやお銚子《ちょうし》なんかの数がすごい。

仏様のご飯は兄貴に任せて広間にもどると、やっぱり顔を引きつらせた兄貴たちが右往左往していた。

お付きの連中の控え室にテーブルを並べたり、灰皿を用意したり、下足札を確認したり。

俺はポケットからくしゃくしゃになったメモを引っ張り出して、役割を確認する。

ええと、ええと…、次は……。

「――あ、おはようございます、祐作さん。何か手伝いますか？」

と、聞き慣れた、こんな日でものんびりした声が耳に届いて、ん？　と顔を上げると深津が立っていた。

いささかぼんやりした顔で、やっぱり安いスーツ姿だったけど、寝癖で頭のてっぺんが跳ねている。

深津は若頭付きの警護役で、ふだんは本家にいるわけじゃないんだけど、さすがに昨日から泊まり込んでいた。

なんせ今日は人手がいるんで、深津だけじゃなく、傘下の組の下っ端組員たちも何人か、本家の座敷で雑魚《ざこ》寝状態だったのだ。

「おい、深津…。なんだ、その頭。もっとシャキッとしろよっ」

ちょっぴり先輩風を吹かせてみると、すいません、と大きな図体で深津がしょぼしょぼあやまる。

「えーと、じゃ、こっちの準備、手伝ってくれよ」

俺は法要の行われる大広間のすぐ横の部屋を顎で指した。

法要のあと、御斎《おとき》の席があるわけだけど、会場はそのまま、法要の広間が使われる。なにしろ客の人数が人数なので、一階の三部屋をぶち抜いて大広間にしているのだ。

法要のあと、速やかに御斎の席を用意しなければならず、すぐ隣が準備部屋になっていた。仕出しが届くのは法要が終わる時間に合わせてだけど、テーブルやグラスと盃《さかずき》なんかは先に用意しておかなければならない。

――と、思い出した。

ちょっとここ頼む、と深津に言い置いて、俺はいったん廊下へ出ると、本家の奥の方の一室へと向かった。

「あの…、マサさん、起きてますか？」

襖《ふすま》の外から声をかけたけど返事がなく、俺はそっと襖を開けて中をのぞきこむ。

と、閉め切った部屋に明かりが灯《とも》る中、痩せてわずかに猫背になったじいさんが筆を握り、にらむようにして一文字一文字、短冊みたいな札に名前を書き付けていた。

その迫力に言葉を失い、俺はしばらくその背中を見つめるしかない。

マサさんは席札とか、会場に張り出す「四方同席《しほうどうせき》」の断りだとか、果てはお返しの宛名書きだとか……そんなものを一手に引き受けている人だ。

よくわかんないけど、組長さん方の名前を書くという役目は、それはそれは神経を使うらしい。もちろん漢字の一つも間違えたら指が飛ぶ。組長たちの間で、名前の大きさが違えば首が飛ぶ――というくらいで。

ギリギリまでその作業を続けてて、マサさんはここ三日くらい、まともに寝てないはずだ。

ようやくマサさんが手を止め、深く息をついてから顔を上げた。もう一度、手元の札を見つめる。よし、と言うように一つうなずいた。

「……おう、祐作か。上がったよ。席札だ。持ってってくれ」

ようやく俺に気づいて、ちらっと顔をこっちに向けると、最後の一枚を一番上にのせてから、横に置いてあった箱を軽く押し出した。できあがった席札がきちんと束ねられて入っている。

「あ、ありがとうございますっ。お疲れ様でしたっ！　――えええっ!?」

俺が深々と頭を下げて、バッと顔を上げた瞬間、どさっ、という音がしたかと思うと、マサさんの痩せた身体がすべり落ちるみたいに畳の上に崩れていた。

「うわわわっ！　マサさんっ！　大丈夫っすか!?　しっかりしてくださいっ、マサさんっ！」

俺はあせって部屋に飛びこむと、とっさにマサさんの身体を抱え上げる。が、ぐったりと力なく、マサさんは目を閉じたままだ。

「――祐作さん？　わっ！　ど、どうしたんっすかっ？」

声を聞きつけたのか、とまどいながら顔をのぞかせた深津が、さすがにいつもの暢気な顔を引きつらせた。

「おい、祐作っ。何騒いでる？　――えっ、マサさんっ!?」

そこへ同じ部屋住みの兄貴も顔を出し、部屋の様子に顔色を変えた。

「きゅ…救急車っ」

「バカッ、呼べるか！」

無意識に声を上げた俺だったが、兄貴に一喝される。

そ、そうか。そうだよな。

外の警官隊がいるような状態で、救急車なんか呼んだらどんな騒ぎになるか。

「頭《カシラ》か前嶋さん、呼んでこいっ」

指示されて、深津がハイッ、とあわてて走る。

「気を失ってるだけだ。緊張の糸が切れたんだろう。大変な仕事だったからな」

すぐにやってきた前嶋さんが、マサさんの脈とか確認してから落ち着いて言った。

……そ、そこまでなんだ……。

今さらながらに冷や汗が出る。

墨をすらされたり、マッサージしたり、結構手伝いは大変だったんだけど、それなりの仕事だったらしい。

「点滴を打ってもらった方がいいかもな。裏に車をまわせ。病院へ運ぶ」

テキパキと指示され、兄貴がドタドタと走っていく。

「祐作、マサさんをおんぶしていけ。……ああ、深津の方がいいか」

——うっ…。そりゃ、体格で言えば深津なんだろうけどっ。

ちょっと情けない気はしつつも、まあ、深津のでかい背中の方がマサさんにも楽だろう。

俺は手を貸して、マサさんの身体を深津の背中に乗っけてやる。

そのまますり落ちないように支えたまま、裏の通用門へ向かうと、地味目のセダンが駐まっていた。

「あ、俺、運転……」

「いや、本家の人間に抜けられると準備に困る。——細谷《ほそや》っ！　一人つけろ」

ついてきた前嶋さんが指示を出す間に、俺と深津はぐったりしたままのマサさんをリアシートに運び入れた。

……うーん、どうにかすると、死体でも運んでるように見えるのかも。

「前嶋！」

と、ふいに覚えのある声がして、俺は無意識にきょろきょろすると、ちょうど裏門のあたりで誰かと立ち話をしていたらしい若頭の姿が見えた。

相手は四十過ぎくらいだろうか。地味なコートを着た、見たことのないやつだ。

千住の関係じゃないんだろうか？

客人の組長とか、お付きの組員なら正面から入ってくるだろうし。

前嶋さんが小走りにそちらへ向かい、相手にも軽く頭を下げて、どうやら状況を説明しているらしい。

と、前嶋さんが運転手に指で合図したので、付き添いが一人急いで乗りこんだあと、俺はリアシートのドアを閉めた。

ゆっくりと車が動き出し、門のところでいったん停止する。

ドアを開けて、どうやら相手の男が中を確認したらしい。そしてすぐに苦笑いするみたいに手を振り、車が走り出した。

「ご足労をおかけします。なんでしたら、中でコーヒーでも？」

「いや、今日は顔を合わせる同僚も多そうだからな。そうもいかんだろ」

そんな雑談みたいな、和やかな会話を続けていた若頭と男に一礼して、前嶋さんが先にもどってくる。

「おい、ぼやぼやしてるヒマはないぞ」

急《せ》かされて、あわてて歩き出しながら、俺はちらっと背中越しに振り返って尋ねた。

「あれ、誰っすか？」

見覚えがない。千住に出入りする人間なら、だいたい顔はわかるんだけど。

「ああ…、あれは千住担当の公安だ」

さらりと答えられて、俺はちょっと顔を引きつらせた。

――こ、公安…？

警察の中でもコワイところ、というイメージしかないけど。て言うか、千住組担当？　そんなんいるのか？

底知れない社会の暗部の深さに怯《おび》えつつ母屋にもどった俺だが、法要直前の殺気だった空気にあっという間に呑《の》みこまれた。

マサさんが寿命を削って書いた席札を確認し、御斎の下準備を整え、虫食いが見つかった座布団をあわてて取り替える。

「――おい、祐作！　この花、広間に持ってけ。置く場所は頭に確認しろよ」

警官隊と強面ヤクザに怯えつつ、花を持ってきた業者から献花を受け取り、急いで奥へと運んでいく。

昨日から献花は大量に届いていて、すでに広間や廊下までずらっと隙間がないほど並んでいる。

「――おい、ユーサク。アレ、どこにおいてんだ？」

自分の父親の法事だというのに、九時を過ぎてようやく起き出し、用もないのにちょろちょろして、さっそくあちこちから邪魔にされていた組長が頭を掻《か》きながら聞いてきた。

「あ、あれ……すか？」

と言われても、二十年連れ添った女房じゃないんだから、それだけ聞かれてもわかるわけがない。そうでなくとも、今日は朝からやることといっぱいで、頭はわやわやなのだ。

でももしかして、遙さんならわかるのかな？

……てゆーか、組長、着替えなくていいのか？

俺は思わず、両手に持ったままだった花の陰から、白い目で眺めてしまった。

組長はいまだに着崩れた浴衣の寝間着姿だったのだ。頭もボサボサだし。

「アレだよ、アレ。喪服？」

「ああ…。えっと、組長の礼服なら、クローゼットの中に用意してますけど」

黒のスーツからシャツ、ネクタイに靴下まで一式、ゆうべのうちに準備している。

「ちげーよっ。俺んじゃなくて、遙のやつ。おまえにとってきてもらったんだよな?」

少しばかりいらっとしたように言われ、ああ! とようやく思い出した。

そういえばこの間、若頭からのお使いで仕立て屋へ荷物を取りに行ったことがあった。

「あります、ありますっ。えっと…、ちょっと待ってください。この花……」

「ちょっと待てだぁ…? てめぇ、誰に向かってそんな口の利き方……」

ずいっと身を寄せて据わった目で因縁をつけられ、あわあわしていると、若頭が横から声をかけてくれた。

「祐作、その花は祭壇の左端だ。――組長もそろそろお着替えを。遙さんの礼服も用意しておきます」

さすがは若頭だ。

ほぉっ、と俺は肩から息をつく。

かたっ苦しいなァ…、とぼやきながらも、組長がのろのろと二階へ上がり、視線で合図されて、俺は急いで花をおいてくると二階へ駆け上がった。

そっか。この間の仕立て屋に取りに行ったでかい箱、あれ、遙さんの礼服か。じゃ、やっぱり遙さんも法事に出るんだな…。

そんなことを考えながら、急いでしまってあった部屋から大きな白い箱を抱えて組長の部屋へ行く。

顔を洗って、ようやくスーツに着替えた組長は、……見違えた。

起きたての組長は、なんつーか、よれよれしたヘタレのニートみたいだけど、ブラックスーツだとちゃんと組長に見える。しかも、結構イケてる。

——やっぱ、衣装って大事だな…。

しみじみ実感した。

「それか？」

緩くネクタイを絞めながら向き直った組長に聞かれ、はい、と俺は直立不動で答える。

「あ、お持ちしますか？」

「いや、いいよ」

組長がその箱を自分で抱え、にたにたしながら階段を下りていった。遙さんのところへ行くわけだろう。

ちょっと気になるけど、それどころではない。

「あ、祐作さん。おはようございます。何か手伝えること、ありますか？」

と、そこに生野が顔を出した。二階の知紘さんの部屋から出てきたらしい。やっぱり知紘さんを起しに来たんだろうか？

跡目《あとめ》の知紘さんと、その警護役になる生野は、ふだんは地方の全寮制の学校で寮に入っているんたけど、ちょうど春休みに入って帰省しているのだ。

制服らしいズボンと白のシャツ。ブレザーを着たらまんま学生だろうけど、ヤクザの集まりでは浮きそうだからか、上着は着ていない。

「えぇっと、いや…、あるっちゃ、あるんだけどな…」

いろいろありすぎて、パッと何をしてもらったらいいのか浮かばない。

「あぁ…、祐作」

と、通りかかった若頭に声をかけられた。

「そろそろ税理士の先生がいらっしゃると前嶋に伝えてくれ。裏から来る」

ハイッ、と背筋を伸ばして返事をした俺から生野に視線を移し、若頭が続けた。

「生野、先生が来たら二階に上がってもらう。その部屋へ、ある程度まとまったら香典を運んでくれ。始まるまででいい。そのあとで来た分は、受付の花井《はない》にとりまとめて持っていかせろ」

テキパキした指示に、わかりました、と生野もうなずく。

そっか。香典の勘定に税理士の先生が来るのか。

つーか、そんだけの額ってことだよな……。

前嶋さんを捕まえて若頭からの伝言を伝えたあと、俺はあらためてメモを確認した。

俺の今日の役目は、……まあ、下っ端だけに何でもやらされる。雑用全般だ。

出迎えとか、案内とか、車の誘導とか。

なにしろ客人は基本、車で来るわけだけど、全部の車を駐めるスペースはない。門前で降ろして、そのまま移動してくれる車もあるのだが、帰りを待っている車も多い。臨時の駐車場を構えてるけど、何カ所かに分かれていたし、場所が入り組んでるんで、ホテルの駐車係よろしく、キーを預かって車を駐めてくる係だ。

もちろん一人じゃとても手が足りないから、俺だけじゃなくて兄貴たち、傘下の組からの応援の運転手も入っている。事前にみんなでその場所の確認をしておかないと、だな。うっかりイタズラとかされないように、駐車スペースには見張りもいる。

……警察、やってくんねーかな。どうせ立ってるだけなんだし。ヒマそーだし。

十時になると、俺たちは下っ端は門のところにずらっと整列した。特別な係についていない者は全員集合、だ。部屋住みも、応援の連中もいる。

法要は十一時開始だが、組長さんたちの到着はもう少し早い。それを出迎えなければならないのだ。

とはいえ、客が来るまでは、何となく門前を遠巻きにしている警官隊と対決するように向き合う形になる。

俺は颯人の様子をちらちらと横目にしつつ、しかし目は合わさないようにしつつだったけど、どうやらむこうもそんな感じだった。

たまにうっかり目が合うと、おたがいにバッと逸《そ》らす。……さすがに気まずい。

あー…、この法事が終わったら、ゆっくり銭湯に行きたかったんだけどなぁ…。

まじめな顔でピシッと直立不動の俺たちだったけど、十五分ほどしてようやく最初の客が訪れた。

黒のベンツが警官隊と俺たちとの間を割るようにしてすべりこみ、門の正面でピタッと停まる。一番近くにいた男が、素早くリアシートのドアを開いた。

降りてきたのは、二十歳なかば——俺よりちょっと上くらいの、清楚《せいそ》な雰囲気の美形だった。さすがに印象的な人なので覚えがある。鳴神《なるかみ》の組長だ。

「本日はありがとうございますっ！」

俺たちが野太い声で唱和するのに、さすがに顔色一つ変えず、一つうなずく。

新人らしい警官の中には、いくぶん仰け反った連中もいたみたいだけど。

反対側からは鳴神組若頭の秀島《ひでじま》さんが降りてきて、門のところまで出迎えに来ていたうちの若頭——狩屋さんのところで立ち止まった。

「本日はご足労いただきまして、誠にありがとうございます」

若頭の丁重な挨拶に、鳴神の組長が静かに黙礼を返し、秀島さんがゆったりと口を開く。

「十三回忌とは早いものですね…。こちらの先代が亡くなられた時には、うちのオヤジさんもずいぶんとがっくりきていたものでした」

「その節はずいぶんとお世話になりました。そういえば、鳴神の先代も今年は三回忌じゃないですか？」

「ええ。今頃はあの世で、二人で一杯やってるんじゃないですかね」

静かに笑い合う二人の若頭の姿が、それぞれのガタイのよさもあってかなりの迫力だ。警官隊の存在など目に見えていないような、和やかな様子がさらに妙な凄《すご》みを放っている。

若頭に視線で合図され、俺は跳ねるように客人の前に立った。

「ど、どうぞ、こちらへ」

そのまま直接、庭伝いに会場になる広間の前まで、緊張しつつ案内していく。

十三回忌法要だが、さすがに人数があるので、庭先に小さな受付が作られていた。

記帳があり、ご仏前の受け渡しがつつがなく行われるのを、横目に眺める。相当に分厚い香典袋だ。

そういえば、どこかの組長の葬式にうちの組長が参列した時には、香典袋はアタッシュケースだったなー…、とぼんやり思い出す。それが受付の足下にずらずら並んでいるのだ。うわー…、と口を開けるしかなかったけど。

そのまま縁側から廊下へ上がってもらい、下足番が札を入れて靴を預かる。

法要が始まるまでまだ時間があるので、開放している応接室へ案内して、お茶出しをする。

そうするうちにも徐々に組長さんたちが到着し始め、門前が渋滞気味になってくる。

しかし出迎えの人数がしょぼいとメンツに関わる。俺たちは客を案内し、お茶出しを頼み、お付きの皆様を控え室へ押し込み、車を駐車場へ誘導し……また出迎えにもどる、というサイクルをものすごい勢いでこなしていた。

てんてこ舞いの俺たちに比べ、警官隊の皆様は微動だにしない。

警戒しながらじっと立ってるだけっていうのも大変そうだな…、警官隊。

……とは思うけど、俺たちだって騒ぎを起こさせるわけにはいかないのだ。

ていうか、颯人相手に「てめぇ、すっこんでろッ、この野郎、ぶっ殺すぞ！」とか、さすがに凄める気がしない。

いや、それをやったら今の世の中、あっさり恐喝罪……いや、脅迫罪だ。

今は組の中でもきっちり、一般の皆様への言葉遣いはレクチャーされている。

本家の中がだんだんと黒いスーツで埋め尽くされていく中、組長が遙さんと一緒に玄関から入っていくのが見えた。

母屋へ入ると、組長から少し離れて遙さんが奥へと進んでいく。まだ遙さんが誰だか認識されてないんだろう、それほど注目されてるみたいじゃないけど、やっぱり組長にはそこここから声がかかる。

「おお、千住のやんちゃ坊！　ひさしぶりだなー」

「これは、総本部長。本日はわざわざご足労をおかけしました」

ひときわ豪快な声が響き、それにいつになく組長が丁寧に返しているのが聞こえてくる。

――てか、総本部長？　えっと…、神代会のかなり偉い人なんだろう。

うおお…っ。そうなんだよな。今日は神代会の幹部クラスもいっぱい来るんだよな。

――マジ、粗相はできないい…っ。

ぶるっと背筋を這《は》い上がった寒気をなんとか払う。

「姐さんはお元気ですか？」

「ああ、たまには顔を見せてやってくれ」

「はい、また近いうちに。――おいっ、総本部長をご案内しろ！」

世間話みたいな会話のあと、組長の声とともにその視線がまっすぐに俺をとらえ、ひえっと俺は飛び上がった。

「は、はいっ！」

返事がうわずってヘンな調子になったけど、俺はともかく身を低くして「総本部長」をＶＩＰの集まってる部屋へと案内した。

うぉぉぉぉ…っ。近づきたくないいっ。

「――ああ、祐作。坊さんがお見えになる。迎えにいけ」

と、帰りに通りかかった前嶋さんが指示を受け、俺はあわてて門前まで走った。

お坊さんに関しては千住から迎えの車を出しており、門のところでいったん停止してから、車のまま中へ入ってもらう。

当然ながら、つるっ禿《ぱげ》のお坊さんが三人。

若い人はすごい若くて、まだ二十歳そこそこ。俺と同じくらいかな。多分一番偉い、年配の人で六十過ぎだろうか。

うーん…、さすがに坊主といえども、ヤクザの本家となるといささか緊張してるみたいだ。特に若いやつなんか、明らかに目が泳いでる。そういうのも、ボンノーっていうの？

玄関から上がってもらって、粛々と広間へご案内する。すかさず深津がお盆にお茶をのせて運んでくる。

十分前だ。

知紘が一番乗りで、ちょこんと祭壇に近い席に腰を下ろし、坊さんたちの準備をおもしろそうに眺めていた。

長い数珠《じゅず》やら、ちょっと変わった形の鈴やら、木魚《もくぎょ》みたいなやつとか、シンバルみたいなやつとか？　楽器っぽいのがいくつかある。

ついていた前嶋さんから「客人に声をかけてこい」と小さくうながされ、俺は深津とうなずき合って、いったん広間を離れた。

あっちこっちでご歓談中（物騒な相談もあるのかも）の組長さんたちに、そろそろ…、と知らせてまわる。

二階には行かないように一人立っていたんだけど、一階だけでも広い家の中、庭と好き勝手なところをうろついている組長さんたちをチェックするのは大変だ。

きょろきょろとあたりに目を配りながら歩いていた俺の耳に「そろそろ時間です」と例によって落ち着いた若頭の声が、すぐ横の部屋の中から聞こえてきた。

それに、おう、と組長がゆったり応《こた》えている。

ほんのちょっとだけ、襖を透かして中をのぞきこむと、組長と遙さんが反対側の廊下へ出るところだった。

いよいよ、という緊張で、遙さんの顔はかなり強ばっている。

「遙」

ふいにくるっと振り返った組長がその遙さんの片手をとると、いきなり指先にキスを落とした。

――うおっ⁉

思わず内心で声を上げたものの、何とか口から出るのは抑える。

そして瞬きもできないまま、じっと見つめる俺の目の前で、組長が遙さんの耳元で何か小さくささやいた。

何を言ったのかはわからない。

それでもその一言で、ふわりと遙さんの表情がやわらかく解けた。

「バカ」

小さく返した声も、どこか優しくて、甘くて。
何か、うずうずする。
そのまま二人はゆっくりと広間へ向かっていった。
先代の十三回忌法要の始まりだ。
とうとうと、眠くなるような坊さんの声が響き始めた――。

若者たちの夏

組員日記（出張版）

押忍《おす》。指定暴力団神代《かみしろ》会系千住《せんじゅ》組部屋住み、木野祐作《きのゆうさく》です。

千住組の本家へ見習いというか、部屋住みで入って、早……何年だろ？

早く独り立ちしたい気もするし、一人でシノギができるかっつーと、今の世の中、それもキビシイ気はする。

二十四時間戦えますか!?　っつー部屋住み生活——や、二十四時間臨戦態勢って感じだな——は大変なんだけど、ま、ほんのたまーに特典がないわけでもないし。

ワガママな組長のお世話も、遙《はるか》さん……組の中では「顧問」と呼ばれている、組長の、まあなんだ、姐《あね》さん？　が来てくれてからは、ずいぶん楽になった。

ヘタなアニキにつくことを考えると、案外、部屋住みの方が楽なのかもしれない。

うん。まあ、イロイロとおもしろいネタも提供してくれるしな。

おかげで、こうして俺でもなんとか日記らしきものが続けていけるわけだ。

たまに昔、自分の書いたものを読み返してみると、がんばってるよなぁ…、俺、って気分になる。

そのうち、ネットとかにアップして、人気のブログ？　とかになったら、本になって出版されるかもっ？　お料理レシピみたいな感じでっ。

……あ、ダメだ。

こんな暴露本みたいなの、バレたら、組長に殺されるや。

とりあえず、俺の下に誰か新しいヤツ、入ってこねーかなー。

いつまでも一番下っ端なのは、やっぱつらいんだよなぁ…。

7月15日

全寮制のせいか、早めの夏休みで、知紘《ちひろ》さんが学校から帰省してきた。もちろん生野《いくの》も一緒だ。

いーなー。学生は夏休みがあって。

俺たちなんか、年中無休だもんな。

でも、高校三年っつーと、進路とかどうすんだろ？　大学行くのかな？

知紘さんは跡目だし、別に行かなくてもいいようなもんだけど。生野は、やっぱり知紘さん次第なのかな。守り役だしな。

でも受験生だと、生野に仕事を手伝ってもらうのは気が引けるよなあ…。

普通の受験生の家なんかだったら、すげーピリピリしてるもんだろうし。すべるとか落ちるとか？　うかつに口にできなかったりとか。

けどそういう繊細な気遣いは、やっぱ、組長以下、この家だと無理だよな。

7月17日

この日の午後、俺が郵便物を持って遙さんの住んでる離れへ行ったら、知紘さんが遊びに来ていた。

一階のリビングというか、応接室の方で話してたみたいで、俺が玄関先から、「郵便物、ここに置きますね」と声をかけると、「ご苦労様」と遙さんの声が返ってくる。

のと、ほとんど同時だった。

「遙先生が父さんと学校にいた時って、ホントにこんなに青カン、やってたのっ？」

そのまま返ろうとしたら、いきなり知紘さんの詰め寄るような高い声がかっとんできて、思わず足が止まってしまった。

——アオ……カン？

ごくっと唾を飲みこんでしまう。

「ちょ…、知紘くん…っ」

あせったように遙さんが返している。

「まさかそんな…。いくらなんでも、学校なんだよ」

「だって、このリスト。父さんが学生時代に学校で遙先生とヤッた場所の。春休みの時に父さんに聞いたら、このリスト、くれたんだよね」

「リスト!?」

遙さんの声がひっくり返る。

……リスト？

俺もあっけにとられていた。

学生時代に学校でヤッた場所の？　そんなのを父親に聞く知紘さんもすごいが、それを渡す組長もさすがだ。

ていうか、学校で青カン……？

「ちょっと見せて」

遙さんがそのリストだろう、ひったくるような音がする。そして低くうなった。

「あり得ないだろう、こんな場所で…。外でやったことなんか一度もないよ」

きっぱりと言い切った遙さんに、思わず「じゃあ、屋内ではやってたんですね…」と内心でつっこんでしまう。

けど、そうかー。やっぱり組長と遙さんって、学生時代からつきあってたんだな。まあ、つきあっていた、って言い方が正しいのかわかんないけど。

「やっぱりねっ。父さん、見栄を張ったんだね。何考えてんだろ…」

知紘さんも大きくうなずく。

……実の息子にそんなに言われる組長って。つーか、見栄？　ていうのか？　それ。

「よかったぁ。今からこれを制覇するのは大変だと思ってたんだ。それで、この中で実際にヤッた場所ってどこですか?」

「えっ?」

無邪気な……というべきだろうか?

そんな知紘さんの問いに、遙さんが絶句する。

聞き違いじゃなければ、今、制覇する、とか言ってなかったか?

と、開いたままのドアの向こうに生野の姿がちらっと見えて、俺は、あわてて玄関先を飛び出した。

……なんというか。

やっぱり似たもの親子なんだよなあ。顔の造作は全然違うのに。

7月18日

翌日、組長が帰ってきた。

ゆうべは仕事で、若頭と一緒に地方出張だったのだ。

夕方に帰ってきてそっこー、遙さんのところへちょっかいをかけに行った。

ホント、好きだよなぁ…。なんつーか、素直で可愛いと言えないこともないけど。

俺も土産を抱えて、離れまでついていった。

「はーるかっ」

と、ハートマークが飛びそうな上機嫌で突進した組長を、遙さんは冷ややかな眼差しで出迎えた。

「これは何だ？」

そしてビシッ、と鼻先に一枚の紙が突き出される。

それをちらっと遠目にして、俺は、あ、と思った。例のリストだ。多分。

昨日、知紘さんが言ってたヤツ。

なんだぁ？　と組長がそれをのぞき込む。

「いつ、俺がおまえと家庭科室なんかでやったっ？　体育館裏というのは何だ？　寮の裏のボイラー室というのも覚えはないけどな？」

冷ややかな問いに、あー…、とちょっとばかり体裁の悪い顔をして、組長が舌を弾く。

「知紘か…。なんだよ、ヤッただろ？おまえとはイロイロとさ…」

「いろいろもしてない。寮の部屋でだけだろ」

「だけじゃねーぞ。俺はしっかり覚えてる。少なくとも体育倉庫ではやったし、音楽室でもやった」

きっぱりと言った組長に、めずらしく遙さんが視線を逸らせて口ごもる。

「それは…。でも体育館では絶対にやってない！」

音楽室とかはやったんだ…。

まあ、防音だしな。組長には意味、なさそうだけど。

「あ、裏庭とかな。アオカンだってしっかりやってんだろーが。ま、嗜《たしな》みっつーモンだな」

なぜかふんぞり返って、偉そうに主張する組長に、遙さんが噛みついた。

「何がだっ！　だいたいおまえがところかまわずサカってただけだろう！」

「つまり、おまえがどこにいてもソソるくらいカワイイってことだろ」

ニッと笑った組長が、ちょっとイイこと言った、みたいな満足げな顔をしてみせた。

「寝言は寝て言え」

しかしバッサリと遙さんに返される。

「ほーう。おまえがそうしてほしいっつーんなら……」

それにむっつりとした顔で遙さんを見上げた組長が、アフリカの肉食獣みたいにいきなり襲いかかった。

「寝ながらじっくりささやいてやるぜっ！」

「あっ…、おいっ、よせ…っ！」

遙さんはそのままソファに組み伏せられ、あっという間にシャツが引き剝がされて（こんなトコばっか、組長、器用だな…）胸を撫で上げられている。

さらに組長の膝が遙さんの足を割って、押しつけるようにして中心をこすり上げた。

「やっ…、ん…っ…、あぁ…っ」

遙さんが白い喉をのけぞらせて、高い声であえぐ。

……いやあの。てか、俺、このまま、ここにいていいのかな…？

正座したまま戸口ですわっていた俺は、こっそり上目遣いに見ていたわけだけど、ふっと気配を察したような組長に視線だけで、うせろ、と脅される。

——あ。ダメですよね、やっぱ。

俺は首を縮めるようにして一礼すると、こそこそと部屋をあとにした。

背中でむっちゃ色っぽいあえぎ声が響いていた……。

7月20日

「祐作さん、ちょっといいですか？」

まだ午前中だというのに、真夏の日差しがガンガン照りつける中、ようやく庭掃除が終わったのを見計らって、やはり掃除を手伝ってくれていた生野が、いつになく丁寧に声をかけてきた。

いや、生野はいつだって丁寧というか、俺を立ててくれてるんだけど、この時は妙に遠慮がちな感じだった。

「おう、どうした？」

「実は…ちょっとお願いがあって」

後輩（では、正確にはないんだけど。生野の方が早くから千住組にいるわけだし）から頼られるようなことはめったになくて、俺はちょっと気分がよかった。

「なんだよ、遠慮すんなよ」

ホウキとか片付けながら、気安い調子で返す。

「そのう…、祐作さんに連れて行ってほしいところがあるんです」

「俺に？　って…、ああ…、学生じゃ入れないとこか？」

「ええ…、まぁ…」

微妙に視線をそらし、おずおずとうなずく。

つーと、フーゾクとか？　だろうか。

ソープとか、キャバクラとか？

高校生だなー、と思うと微笑ましいけど、ちょっと困った。先輩としては連れて行ったらおごるしかないし、けど、俺にそんな金があるわけないし。

黙りこんでしまった俺に、生野は視線を逸らせたまま続けた。

「なんか…、若頭に相談したら、祐作さんに連れて行ってもらえ、って言われて」

「若頭？」

なんで若頭？　と思ったら。

「あの、アダルトグッズの店…とか。祐作さんがそういうとこ、すごいくわしいって聞いたんで」

小さな声で言われて、俺は「はい!?」と大きく目を見開いてしまった。

生野がアダルトグッズを誰に使うのかも気になるが、それ以前に。

ひ…ひどいっ、若頭っ。俺、若頭のお供でついてっただけなのに！

すっごい濡れ衣だ…！

組《くみ》員《いん》日《にっ》記《き》2

コミック版
組員日記
発売記念
by しおべり由生
押忍！木野祐作っす!!
おかげ様で組員日記絶讃好評発売中〜！
暴露本と思われなくないとご心配を受けましたがこの通り無事五体満足っす
印税はないっす
用心して鍵付き日記にしてみました
ユーサク心の日記
見るな
なんだこれ
開けてみよーぜ

だっダメっすよ
バッ
ぷらいばしーの侵害…
下っ端にプライバシーなんてあるかよ
秘密を持とうなんざ100年早いわ
こ、これは…
若頭の…
若頭の極秘任務なんですっ
チッ
じゃあ仕方ねぇな
しっかりやれよ
ホッ
すっげぇ若頭効果
祐作さん
お取り込み中でしたら出直しますが
おっ深津
へーキへーキどうした?

実はコレ…
若頭のお供で
行って…
例のSMの…
で、もらったん
ですけど
無修正のDVD!?
いらねーよ
ヤな予感するし
俺も興味ないんで
いけねぇな
いい若いモンが
遠慮しちゃ
お兄さん達と
鑑賞会
しようか
俺は用があるんで
若頭の
深津～
予感的中
当然SM
しかも男同士
ふつくしかった…

勉強したな…
…だな
で、でもっ遥さんと組長だと思えば…
?
何見てんだ
ドカッ
これからも組員日記をよろしくっす

組《くみ》員《いん》日《にっ》記《き》2

指定暴力団
神代会《かみしろかい》系千住組《せんじゅぐみ》
部屋住み
木野祐作《きのゆうさく》っす！
日記書いてます
最凶《さいきょう》の恋人《こいびと》ー組員日記《くみいんにっき》ー
コミック版《ばん》
しおべり由生《よしき》
つね
組長と顧問の理解を深める為勉強会をしました
DVD
祐作《ゆうさく》っ!!
ガゴ
SMはともかく
なんでブタみたいなおっさんのプレイを見なきゃなんねぇんだよ
俺が選んだんじゃないっすよ

そのDVD押しつけられてたの兄貴達だって見てたじゃないすか
それを見るって言い出したのも兄貴達だし
バキ
ボキ
すみません断り切れなくて
リクエスト出しときますから
つかいらねえ
ザッ
ザッ

祐作《ゆうさく》さん
知紘《ちひろ》さん見ませんでしたか？
見てないけど
そうですか
生野《いくの》の傷は自分で付けた落とし前だ
その辺りの事情は俺みたいな下っ端にはよくわからない
組長の一人息子知紘《ちひろ》さんの守り役として――
ということなんだろう
先輩だけど年下←年下だけど先輩
生野《いくの》…おまえさぁ
俺の中では変化した

でも、それを気取られちゃまずいビミョーな漢心《おとこごころ》
ラブホ行ったって?
え?
小耳に挟んだんだけどさー
よくそんなヒマもスキもあったなあ
相手もどうやって見つけたんだ?
生野《いくの》ーっ
あ…
失礼します
逃げるのか?
知紘《ちひろ》さんにも教えてやろーかな
気付いてないんだ
おわり

書き下ろし　深津ノート

――押忍《おす》。

神代会系《かみしろ》千住組《せんじゅ》……ていうか、正確には、千住組傘下の「白漣会《びゃくれんかい》」所属の深津真一《ふかつしんいち》っす。

お初にお目にかかります。

……あの、お初じゃないかもだけど、こんなきっちりした形では初めてなんで、挨拶だけは正式にしときたいっす。

道場でも、組の中でも、やっぱ挨拶に始まり、挨拶に終わるってことなんで。

わ…、でもやっぱり緊張するなぁ…。


ええと、まず説明させてもらうと、白漣会っていうのは、千住組の若頭、狩屋《かりや》さんの組だ。

多分、正式な？　公文書上の？　代表は別にいるんだけど、実質的には狩屋さんが仕切ってる形になる。

俺も話に聞いただけなんだけど、なんでも十年くらい前、白漣会っていうのは、千住の傘下の中でもあんまりイケてない組だったらしくて（シノギがよくない、って意味で）、しかも、当時の組長？　……会長？　て人が急に入院することになったとかで。

血のつながった跡目《あとめ》もいなくて、組の幹部はもちろんいたんだけど、みんなわりといい年のジイさん連中だったらしいし、オヤジさん亡きあと、組を継ぐかどうかを迷ってたらしくて。

実際のところ、組長が死んだら解散させようか、ってことで、まわりでは暗黙の了解になっていた。

それがいきなり、病床の組長が跡目は狩屋さんに継がせたい、って言い出したんだそうだ。

その当時、狩屋さんはまだ大学生だったんだけど、その組長はずいぶんと可愛がってたし、狩屋さんのことを買ってたらしくて。

で、残り少なかった古参の組員たちと狩屋さんとで話し合って、親になる千住の方とも相談して、それで組長の気がすむなら、ってことで狩屋さんはそれを受けた。

ただ、なにしろまだ学生ってこともあったし（しかも、天下無双の某国立大学だ）、表に名前は出さないようにしていたみたいだ。

で、それから狩屋さんが組長代理みたいな感じで組の仕事に手を貸すようになって、……そしたらなんと、どんどん組の実績が上がっていったのだ。なんか、当時としてはいろいろと斬新なシノギを取り入れたみたいだった。

やっぱり、昔からすごかったんだなぁ…、若頭。

それで、五年くらいして組長が亡くなったあとも結局、組は潰さずに存続させて、組の名前もそのままに若頭が引き継いだってことだ。

ただ、若頭は表向きの会社代表をいくつかやってたこともあって、やっぱり白漣会の方では表に立たない方がいいだろう、ってことで、今も別の会長が立っている。

まあ、仕事上の指示はほとんど若頭が出してるんだけど。

白漣会の会長は七十過ぎの古参の組員で、今は名前だけの半隠居っていうのかな。組事務所にはほとんど顔を出していない。俺も会ったことは、一度しかない。組に来た時に、住んでる田舎の家まで連れていってもらって、挨拶しただけだ。

本当に普通のジイさんだった。

緊張して、「よ、よろしくお願いしますっ」というだけでガバッと頭を下げた俺に、「わざわざこんなところまでなァ…」と、お土産に、って、畑で作ってるっていうほうれん草とかもらって帰った。

若頭とは懐かしそうにいろいろ話してたけど。

で、実は、うちの組に「若頭」はいないのだ。

若頭――えーと、狩屋さんは今は本家の若頭なんだけど、白漣会の中では名前がないから、形としてはオブザーバーで、でも実質的には会長で。結局、なんとなくみんな「若頭」って呼ぶようになっていたみたいだ。だけど、それだと組の中に若頭が別にいたら混乱しそうだから、っていうので、いつの頃からかそういう体制になったらしい。

そんなわけで、「白漣会」は事実上、若頭の組なんだけど、なんせ若頭だから本家の仕事もいそがしい。

……そうだよな。千住の組長のお世話も大変そうだし。祐作《ゆうさく》さんもいつも苦労してるし。

あ、いや、祐作さんの話はまたあとで。

ええと、なので、こっちの白漣会の方は、若頭の腹心の組員が「補佐」っていう肩書きで（誰の補佐かはともかく）、若頭の指示のもと、組の活動を取り仕切っているのだ。

それで、俺の立場というのは、その若頭の警護役だ。一応、空手の有段者だっていうのを買われて、ってことなんだろう。

って言っても、実のところ、若頭自身が空手は達人級だし、多分俺より強いから、警護とかいらなそうなんだけど。

まあでも、大人数で襲ってこられたり、もしかして相手が拳銃とか持ってる時もあるかもだし、そういう時はやっぱり楯にならなきゃいけないんだよな。うん。そういう覚悟は一応、してるつもりだ。

ただ本当は、警護役っていうのも、若頭が俺のために作ってくれた仕事なんじゃないかな、って思う。

俺の両親は小さな町工場をやってたんだけど、もともと自転車操業の貧乏暮らしで、それも俺が大学へ入ってすぐに倒産してしまった。

心労もあったんだろう、母親が病死し、父も内臓を悪くして入院し、妹は田舎の祖父母に引き取られるという一家離散状態で、大学も辞めた俺はその頃、自暴自棄になっていた。

……正直、入学金とかで無理させたんじゃないか、って、罪悪感ものしかかってて。

アパートの家賃も払えずに追い出されて、日雇いの仕事をしながら二十四時間のネットカフェとか漫画喫茶とかを渡り歩く毎日だった。ホント、今思えば、浮浪者寸前だったんだな。ていうか、文字通りにホームレスだったんだけど。

日雇いの仕事にもありつけなかったある日、金もないから公園のベンチで居眠りしてたら、お決まりのようにトイレの陰で、気の弱そうな高校生をカツアゲしてる不良グループを見つけて、やっぱりむしゃくしゃしてたんだろう。そいつらをぶちのめしていた。

助けてやった、ってつもりはなかったんだけど、その高校生の方も、何も言わずに怯えたように逃げ出した。

殴った拳がジン…と鈍く痛んで、臭いトイレの手洗いで手を冷やしながら、何やってんだろ…、って気分になった。

でも、何をしたらいいんだろう、何ができるんだろう、って考えても、ぜんぜん、何も思いつかなくて。

拳を見つめてたら、なんか泣きたくなって、なんとなく昔住んでいた家の近くの空手道場まで歩いていた。

空手は、昔、まだ俺が小学校に入る前、少しは景気のよかった頃に、近所の道場に通わせてもらっていたのだ。

多分、小さい頃は結構泣き虫だったから、母親が心配したのかもしれない。

五歳くらいからずっと続けていて、でも高校に入ると月謝を払うのも大変になっていたみたいで、俺はいったん辞めようと思っていたんだけど、そこの師範《しはん》がいい人で、小さい子に教えたり、道場の手伝いをすることで月謝はずっと免除されていた。

結局、家が倒産してからは、なし崩しみたいに行かなくっていたけど、師範に挨拶もできないでいたのは、やっぱり心残りだったのだ。

ほんと、一張羅《いっちょうら》の服はろくに洗濯もできてなくて薄汚れてたし、ヒゲもちゃんと剃れてなくて、見るからに怪しい状態だったけど、窓から道場をのぞいていた俺に気づいて、師範が家に上げてくれた。

夜逃げ同然に家族が消えてから、ずっと心配してくれていたらしい。優しさに涙が出そうだった。

まあ、しばらくここにいていいから、と言ってくれて、俺は昔みたいに道場の掃除や稽古の手伝いをしながら、道場の隅で寝泊まりするようになっていた。

とはいえ、下町の小さな道場なんかはギリギリでやっているのはわかっていたから、いつまでもやっかいになっているわけにはいかない。

なんとか立ち直らないとな、と思っていた時、若頭と会ったのだ。

やっぱり、その道場が縁だった。

どうやら若頭も小さい頃から通っていたらしくて、今は仕事がいそがしくてほとんど顔は出せないみたいだけど、今でも盆暮れとか年始の挨拶なんかにはきちんと行っている。

どうやら師範が、若頭に俺の話をしたみたいだった。就職の相談だったらしいけど。

俺になんかできる仕事はないかな、っていうことで、でもホント、考えてみたら、……いや、考えなくても、俺、何にもできなかったんだよな…。三流大学になんとか引っかかる程度の頭しかなかったし、特に事務的なスキルがあるわけじゃない。じっと机にすわってる仕事とか、むしろ苦手だ。車の免許も持ってないし、その他、資格なんかもまったくない。

多分…、唯一、まともに自信があったのは、空手くらいだった。

「手合わせしてみるか」

でも軽く言われて、若頭と立ち会って――相手にならなかった。

それまでの自信なんか、砂になるくらいボロボロに崩れ去った。

ホントに取り柄も何にもないんだな…、って絶望的な気分だったけど、そんな俺に、若頭は、やることがないなら俺のところに来い、と言ってくれたのだ。

「でも俺…、ケンカとか……できないっす」

師範から、狩屋さんが実はヤクザの若頭と呼ばれる立場の人だと聞いて、正直、ちょっとあせったくらいだった。

っていうか、師範がそんな人と今もつきあいのあることに驚いたけど。

武道には厳しい人で、修練した空手を使ってケンカすることとか、本当にすごく厳しく禁止していたのだ。

「拳を使わずに仕事をするために、おまえくらい強い方がいいんだよ」

しかし若頭は、あっさりとそう言った。

「うちで働くのに資格はいらない。誰かが何かを教えてくれるわけでもない。おまえが自分で何かを見つけた時、辞めればいい」

……そして、今に至る、という感じだ。

今、俺は白漣会の組事務所に住み込みって形になっている。

若頭の背中を見て、いろいろと学んでいるわけだ。

若頭は強くて男気があって、冷静で頭も切れて……なんて言うか、欠点がみつからないなんだよなぁ…。何か弱みとかあるのかな？

組長と違って理不尽なことも言わないし。

おかげで今は生活も安定して、マイペースにやらせてもらっている。道場にも続けて通わせてもらってるし。

時間が空いたら、になるんだけど、朝稽古くらいはできるだけ毎日、出るようにしてる。やっぱり朝、身体を動かすとすっきりと気持ちがいい。一日、がんばろう！　って気になるし。

白漣会の組事務所は、多分、他の組と比べてもまったりしてる気がする。体育会系の縦社会なのは当然だけど、まあ、俺もそれは慣れてるし、兄貴たちもそんなに厳しくない。……と思う。他を知らないから、ちゃんと比べられないんだけど。

多分、若頭がそういうとこ、合理的だからかな。

兄貴たちは、白漣会の構成員をやりながら、若頭の普通の会社……フロント企業？　ていうのかな？　で働いてたりするから、そっちで固定の給料なんかも出てるらしい。だから、事務所じゃなくて、ちゃんとアパートとか借りて暮らしている。

俺は警護役とはいっても一番下っ端だし、実質的には雑用係だから、もちろん、事務所の中とか、トイレとかはちゃんと掃除してる。

でも、千住の本家の掃除に比べるとずっと楽なんだろうなー、って思う。

あそこの家はバカでかいっていうのもあるし、マンションの一室にあるうちと違って、庭も広い。落ち葉の掃除とか、祐作さんは年中苦労しているみたいだし。

――そう、祐作さんだ。

木野《きの》祐作って名前の、俺より一コか二コ、年上なのかな。千住組の本家で部屋住みをしてる先輩だ。

初めて会ったのは、ちょうど一年くらい前。俺が初めて、若頭に呼ばれて千住の本家へ行った時だった。

その時、若頭の車の運転をしてくれたのが、祐作さんだったのだ。ふだん、うちの組で若頭の車の運転をしてる人がケガで入院してしまって、その代わりだったと思う。専任の運転手ってわけじゃないんだけど、運転はうまいみたいだ。

小柄だけど、いつも元気で、一生懸命で、人がよさそうで――実際、人がいい。思ってることはすぐに顔に出るから、嘘のつけない人だ。

おかげで時々、割を食ってるとこもあるのかもだけど（先輩にヤバそうな仕事を押しつけられたりとか。たいていは組長がらみで）、でも実は、幹部の人たちにも、直近の兄貴たちにも可愛がられてる。と思う。

……可愛さ余って、兄貴たちには半分ばかり、いじられてる気もするけど。

マスコット的存在？　って言っていいのかなぁ。……多分。

やっぱり祐作さんといると、みんな和むんだよな…。

ホント、面倒見のいい先輩で、俺もすごくお世話になっている。

……でもそういえば、祐作さんと一緒にいると、ちょいちょいヤバい場面に遭遇するの、なんでだろうな……？

あの、つまり、組長と愛人さんとのエ…エロいシーンとか。

うっかりこんな世界に入ってしまったけど、俺はもともと血を見るのとか、ぜんぜん得意じゃない。

警護役、つまりボディガードってことだから、基本的に若頭のお供をしてることが多いんだけど、若頭は仕事で本家へ行くことも多くて（ほぼ毎日だ。しょっちゅう泊まりにもなる）、その流れで俺もこのところ、祐作さんと一緒に行動することが増えていた。

俺は車の免許を持ってなくて（そのうちにとらないとなぁ…、とは思ってる。だけど、向いてない気がするんだよな…）、若頭の車を祐作さんが運転することも多くて。

そうでなくても、若頭はよく千住の組長と行動を共にしてて、その車を祐作さんが運転することがよくあるのだ。

運転手として、っていうのもあるんだろうけど、要するに雑用係として、なんにでも使いやすいってことなんだろうな。

なので、俺みたいな外様《とざま》？　の下っ端でも、時々、恐れ多くも千住の組長の車に乗り合わせることがあった。

若頭のボディーガードとして、組長に同行する若頭のお供をしている……てことは、自動的に組長のボディガードにもなるわけだ。

おかげで、組長の生態の一端を目の当たりにしたりするんだけど。

千住の組長って人は……、ええと、俺は直接、そのとばっちり……じゃない、実害……あ、あれ？　まあ、そんなものがが降りかかることは少ないんだけど、かなり扱いが大変な人らしい。

一言で言えば、豪快な人だ。うん。

時々、めんどくさい人でもある。……とりわけ、恋人である顧問の朝木《あさぎ》さんに関わる時は。

でも組長がべた惚れなのは間違いなくて、いやもう、人目をはばからずラブラブなのだ。

祐作さんによると、車のリアシートで組長が朝木さんにちょっかいを出して、何て言うのか…、相当にヤバいことになっている時もあるらしい。

……祐作さん、よくハンドルを切り損ねないな。大丈夫なのかな。

千住の組長は、決める時には決めてくれる人だし、時々、神代会の会合とか、義理場とかで見せる姿はカッコイイ時もあるんだけど、……なかなか見られない、レアな姿だったりする。

なんだろ…、ふだんの、朝木さんに邪険にされて拗《す》ねてたり、しょぼくれてたりする姿は、敵を油断させるための仮の姿だったりするんだろうか？

でも、そんなヘタレた組長を見るのは千住の身内だけなんだけど。意味ないよなぁ。

千住組の中では「顧問」と呼ばれてる朝木遙《はるか》さんは、凜とした佇まいのきれいな人だ。ちょっと武道家の雰囲気がある。

こう…、勝負に立ち向かう姿勢、みたいな？　そんな雰囲気を、時々、感じるのだ。

朝木さんは千住組幹部の方々には一目置かれ、本家の中でも、祐作さんをはじめ、兄貴たちからも慕われている。それはもう、絶大に。

不機嫌な組長をなだめてくれたり、傍若無人な無茶ぶりを止めてくれたりと、組長をうまく転がせる数少ない人なのだ。ていうか、若頭をのぞくと唯一の人だな、きっと。

俺たちにも気を遣ってくれるし、威張ったりしないし、ありがたいというしかない。祐作さんなんか、時々、手を合わせて拝んでいる。

でも二年くらい前には、朝木さん、一年ちかく海外へ逃亡してたみたいで、ちょうど俺が祐作さんと合うちょっと前に帰国したらしい。

あの頃は地獄だった…、と祐作さんは今でも時々、遠い目で回想している。

「あの一年は楽しくなかった…。空気がピリピリしてたもんなー。組長のテンションもおかしかったし」

ってことだ。

その空気は俺にはわからないけど、やっぱり朝木さんは千住組のオアシスなんだろうな。

でも組長が朝木さんにぞっこんラブ、っていうのは端で見ててもよくわかるけど、朝木さんの方は組長のこと、結構邪険にしてる気もする。

ただ、冷たくあしらわれて、組長の方も意外と喜んでるような…?

ハハハ、組長、実はM……だったりして。地位の高い人にはわりと多いって聞くし……ハッ。

——ダ、ダメだっ。

つい、そんなことを考えてしまうのは、最近、妙なところへよくお使いに行かされてるせいかもしれない。ど、毒されてる……。

俺も祐作さんとは、ちょくちょく一緒に行動してて、多岐にわたる若頭の仕事の雑用を、いろいろと……本当にいろいろと、手伝っているんだけど。

そのうちの一つが、祐作さんとの間では「あの館」という呼び方で通じ合う場所だ。

うきうきとした「あの館っ」ではない。背後にはおどろ線が立ちこめる、恐怖の「あの館…」

である。

正式には「ル・ジャルダン・ドール」——つまり、黄金の庭、というらしいんだけど、俺たちにはもう、アミューズメントパークのテラーハウスだ。

外観は白亜の豪邸で、会員制のクラブハウスらしいんだけど、要するにところ……高級SMクラブだ。

オーナーは北原伊万里《きたはらいまり》さんという人で、どうやら若頭の大学時代の友達らしい。

ちょっと……いや、だいぶん、変わった人だ。

ダンディで、いかにも紳士然とした人なんだけど、ご本人は特にSとかMとかいう性癖があるわけではないらしい。ただ、人間が本能をさらけ出したところの、その究極の性愛が織りなす美学？　とかに興味があるとかなんとか。……ちょっと、わからない。

うん。けど、それでいいんだろう。わかったらおしまいな気もする。

若頭は仕事の一環でその館を訪れてるみたいだけど（初めて行った時には、若頭にその趣味があるのかとあせってしまった）、その便宜上か、友達っていう気安い関係のせいか、たまにその館での仕事が俺たちにまわってくるのだ。

最初はパーティーで使う仮面だったかな…、それを店まで取りに行って運んだくらいだったんだけど、何かあるとちょくちょく呼ばれるようになり、今ではパーティーの手伝いとかまでやらされるようになっていた。

——いや！　もちろん、俺たちが、その…、鞭とかもって何かするわけじゃなくて、その準備をする、ってことだ。

それこそ、鞭とか、蠟燭《ろうそく》とか、手錠とか、バ…、バイブとか……なんだろ、口にくわえさせるピンポン球みたいな道具とか？　そういうのをそろえたり、も、木馬？　みたいなのを引っ張り出して準備したり。

あと、パーティーではウェイターとかもしてる。

ウェイターのバイト自体はしたことがあるから慣れてるんだけど、さすがにぜんぜん、勝手が違っていた。

……女王様に言われて運んだ飲み物が、足下で首輪をつけられ、四つん這いになってた全裸のオジサンの頭からぶちまけられたり。

「喉が渇いてるんだろう？　ご褒美だよ。床をなめな！」

ピシャリ、と鞭で床をたたきつけて命じた女王様の声に、俺はトレイを握りしめて立ち尽くしてしまったこともある。

パーティーは定期的に開かれてるみたいで（なんでも、「奴隷」の習熟度？　を、披露？　するためらしい。……わ、わからない…っ）、基本、仮面パーティーだ。

いくら同好の士といえど、こういう趣味で顔をさらすのはNGなんだろう。相当に社会的なステイタスも高い人たちの集まりみたいだし。

オーナーの伊万里さんの美意識に合わせてパーティーもいろいろなテーマが設けられていて、俺も祐作さんも、ウサ耳とかつけたことがある（……ウサ耳の美意識？）。

ふだんは個室で女王様が奴隷をちょ…調教、するらしいんだけど、パーティーだとオープンな場所で、みんなが見てる前でそれをするのだ。

わりと恰幅のいいおっさんが全裸で、前をモロ出しにして……それを女王様に踏みつけられて、恍惚とした表情で射精したり、泣きながら女王様に「おみ足をなめさせてくださいませぇえっ」とかお慈悲を願ったりしているのを目の当たりにすると、やっぱり精神的に、かなりくるものがある。何かもう、異次元体験だ。

……恐い。マジ、恐い。

そういえば、いつぞやのパーティーの時は、やっぱり俺と祐作さんがスタッフとして入ってたんだけど、どういう手違いでか、祐作さんがSマスターに捕獲されたことがあった。

あのクラブの会員たちは、ほとんどがM奴隷の男らしいんだけど、ごくごく少数だがSのマスター指向の会員もいて、そこへウェイターとして飲み物を運んでいた祐作さんが、なぜかそのマスターたちに調教されそうになっていたのだ。

いきなり泡食ったような祐作さんの悲鳴が聞こえた時は、ホントに何事かと思った。

とっさに飛びこんでみたんだけど、正直、どうすればいいのかわかんなくて。

力ずくで助けられないことはなかったんだけど、でも相手は客だし、若頭が商売に使ってる場所でもある。一応、友達の店でもあるし。

それで、あわてて若頭に助けを求めた。

すると若頭は颯爽とその場に乗りこみ、淡々と言ったのだ。

「おい、貴様ら。人の奴隷に手を出さないでもらおうか」

――と。

ど、奴隷!? 祐作さんが若頭の奴隷っ？

一瞬、キャ――ッ！ と内心で悲鳴を上げたんだけど、祐作さんを助けるための方便だったんだろう。……た、多分。

ていうか、まあ、ある意味、子分たちはみんな、組長や兄貴分の奴隷と言っても間違いじゃない気はする。

どうやら、酒の入った浮かれ気分で祐作さんをからかっていたらしいマスターたちは、狩屋さんのその静かな恫喝《どうかつ》にコソコソと退散したんだけど、……そういえばその時、オーナーが言っていた。

「彼はこの館のキングと言っても過言ではありませんからね」って。

キング……若頭がキング？　SMクラブの？　キング・オブ・マスターってこと？

驚いたけど、正直、違和感がない、っていうか、だとしても不思議はない、って気がするところが恐い。

そういえば、その時、若頭がクラブに連れてきていたゲスト——どうやらM奴隷の性癖がある男で、有名な会社の社長だか重役だかだ——が、そんな若頭を紅潮した顔で夢見るように見つめていた。

あなたに調教してもらえるのにふさわしい奴隷になりますっ！　……とか、口走っていたような気もする。

さすがだよな、若頭。

すごい……っていうか、何て言うか。

でも考えてみたら、千住組の中でも、「若頭になら抱かれてもいい」とか、「若頭のためなら命、張れます！」って子分はいっぱいいるのだ。

やっぱり、デキる男は何をやってもできるんだよなぁ…。

憧れる……けど、正直、おっさんに「奴隷にしてくださいっ！」とか言われても、俺ならちょっと困る。

そんな感じで誰にでももてる若頭なんだけど、祐作さんも案外、誰にでももてて気がする。

……ちょっと意味は違うけど。

オーナーの美意識のせいか、ここで働いている女王様にしても他のスタッフにしても美男美女の集まりなんだけど、オープンの前とか、休憩中とか、結構、みんな祐作さんをかまってはしゃいでいるのだ。半分ばかりからかわれている、って言ってもいいのかもだけど、女王様の着替えの手伝いに呼ばれたりとか、役得？　な感じもある。

背中のファスナーを上げたり、アクセサリーの留め金をかけてあげたり、らしい。

赤い顔で、慣れない感じにやるのが、危機感を抱かせないし、弟みたいでカワイイわよね、と、女王様の一人が言っていた。

そういえば、祐作さんは買い物の途中で近所のじいさん、ばあさんの荷物を持ってあげたり、話し相手になりつつ、家まで送ってあげたりと、ご近所のご老人の間でも絶大な人気を誇っている。

愛されてるキャラってことなだよなぁ、やっぱり。

でもなんか、俺、空手歴は結構長いのに、ぜんぜん精神が鍛えられてないんだな。ああいう場面で、明鏡止水の心持ちにはなかなかなれない。

やっぱり、若頭は精神力が強いんだな。俺も、もっと修行しないと。

……あああ。でもなんとなく、あの館の担当みたいなのが俺と祐作さんに固定されてきてるみたいで——特殊な商売だけに、内容がわかっていて、慣れた人間を手伝いにまわす、ってことらしい——正直、ツライ。

実は俺……、オーナーの伊万里さんに勧誘されているのだ。それこそ、あの館へ行くたびにずっと。

つまり、あの館で働いてみないか、って。

「君なら訓練次第でいいマスターになれると思うんだよ。ああ、俺の目に狂いはないね。タッパもあるし、カラダもいい。レザーのパンツが似合いそうなんだよね、君」

ねっとりと全身をなめまわすように見つめられ、意味ありげに肩やら背中やら、……腰やらを撫でられながら言われて。

「ヤクザなんてやってても先がないだろう？　そろそろ転職を考えてもいいんじゃないかな？

……ああ、狩屋が恐いんだったら、俺が話をつけてやってもいい」

ヤクザに先があるかないかはともかく、ＳＭのマスターにどんな先が待っているのかは、ちょっと考えたくない。

「初めは確かに、躊躇するかもしれないね。でも思い切って新しい扉を開けてみたまえ。勇気を出して飛びこむんだ！　きっと新しい自分と出会えるから」

……いや、出会いたくないです。出会わなくていいです。俺、今の自分でぜんぜん大丈夫ですっ！

もちろん、俺は必死に断ってるけど、「月給、このくらいならいけるよ」とにっこり提示されて心が揺れ……揺れないっ！

か、金じゃないっ。ヤクザは生き方だからっ。

若頭の背中から学ぶことは、まだまだいっぱいあるのだ。


「深津！」

――あっ、若頭に呼ばれたっ。もう行かなきゃ。

ハイ！　と俺は声を上げて、デスクの腰を引っ掛けて脇にモバイルを開き、携帯を肩で挟むようにして誰かと通話しているらしい若頭に、小走りに近づいていく。

その俺に、若頭が顎を振るようにして無造作に言った。

「おまえ、今から祐作と伊万里のところを手伝ってこい。スタッフが何人かインフルエンザで倒れて、手が足りないらしい」
「ええええっ!?」
俺は思わず、悲鳴みたいな声を上げてしまった。
――あの館っ!? またっ?
サーッ、と顔色が変わる。
いや、そんな用事で俺が祐作さんを迎えに行ったら、絶対恨まれる……。
若頭…、ホント、あそこだけは勘弁してほしいっす……。

end.

押忍！
指定暴力団神代会千住組部屋住み
あなたの木野祐作です
組員日記が2冊目となりました
皆様のおかげですありがとうございます
マンガで
組員日記
を読んでみよう！
by しおべり由生
応援してますファンですという声もチラホラ
俺の人柄
俺の文才…
祐作さん
車出してもらえますか？
若頭が迎えに来てほしいと
…あの館まで
恐怖の館
キャ
ポロン

今年になって
覚えた
密かな楽しみ
都内の
銭湯めぐり
ヤッコーン
心と体の
オアシスだ
カタギの
フロ友も
出来たし
また一杯
やりたいなぁ…
…深津も
誘ってみっか

へえー いいですね
ぜひ お供させてください
やった
俺もたまに行くんですよね 稽古上がりにとか
その後に飲む 白牛乳は たまんないいっ すよね
俺は フルーツ牛乳
で、そいつは コーヒー牛乳
それも いいっすね
いいっすねー
そういえば 俺も銭湯で会った… 隣になった奴 なんですけど
オレンジ色の 俺たちの 天敵のアレ
アレのタオル 使ってたんっすよ

思わず離れましたよ
ビビりだな
そんなん関係者なワケねーだろ
ですよね
でも条件反射つーか
わからなくもねーけどな
ギギィ…

…祐作さん？

…あいつがいた
気付いたよな
ばれたよな
まるでロミオとジュリエットですね
はあ？何言って…
例えですよ禁断の恋
…あれ？違いますね
ちげぇーよ
禁断の関係って言いたかったんですけど
そこぉ！
このクソ忙しいのに何くっちゃっべってる！

ハイ！
すみませんっ
おしまいだな
——数日後
センパイたちに呼び出された
祐作おまえよぉ
顧問に岡惚れしてるって？
そんな恐れ多い
若頭の所のと話してたろ
ロミオとジュリエット
深津～

心の片隅で思うくらいは自由だと思うぞ
おまえは若いし見せつけられちゃあなー
でも組長には絶対に気取られるんじゃねぇぞ
いや…だから違いますって…
ガラ
……誰がロミオだって？
日記は続くっすよ
………たぶん
おしまい

水壬楓子先生による「最凶」シリーズ全作品解説

1

「最凶の恋人 —ルームメイト—」

組長と遙さんの出会い編……なのですが、当初、ヤクザモノだったつもりがなかったというか、なんというか。「My Lord −支配者−」は当初、商業誌に出すつもりがなかった分、エロが弾けてます（笑）

2

「最凶の恋人 —地上の楽園—」

遙さん逃亡編と若頭の出張編。遠距離ラブと、冷静に考えれば笑える組長の苦労がポイントでしょうか。

3

「最凶の恋人 —蝶々の束縛—」

なぜかシリーズ中もっともヤクザモノらしい息子カップルのお話。そして、かなりラブラブな組長たちの日常生活です。

4

「最凶の恋人 —覚悟の日—」

遙がいろんな意味で覚悟を決めることになった巻です。柾鷹が遙を系列の組の方々へお披露目したのもここが初めてになるのかな。この巻に書き下ろした「極妻たちの宴」は普段とはちょっと雰囲気の違う場所での柾鷹と遙のやりとりが楽しいです。あと、この巻で祐作くんが本誌デビューを果たしております（笑）

5

「最凶の恋人 —ある一つの賭け—」

あとがきにも書いてありますが、7年ぶりのシリーズ再開作品…の割に、柾鷹も遙も良いお芝居をしてくれています。そしてあずにゃん登場！　彼女は打ち合わせでもあずにゃん呼びです。気が強くて芯が通ってて一途で…って、案外柾鷹の好みだと思うのですが、お互い歯牙にもかけてませんね。この本で柾鷹がジェットコースターも苦手だという一面が。

6

「最凶の恋人 —例会にて—」

例によって、笑える極道モノ……ですが、今回は少しシリアスな雰囲気もあり。シリーズでは日常のエピソードも多いのですが、今回は業界の一端も見られる展開かと思います。半分はおひさしぶりの息子たちカップル。あまりのどかでもない学園ライフです。そしてオマケのショートには若頭も。

7

「最凶の恋人 —組員日記—」

最初は同人誌のページを埋めるために書いてみた組員日記ですが、あちこちのショートで書くようになり、さらには連載させていただけることになり、部屋住み下っ端の組員が大出世です。組長たちの日常のラブっぷりに当てられたり、無体な組長に振り回されたりと、日々奮闘する下っ端組員の目線からの組長たちの日常、爆笑していただければと思います。

8

「最凶の恋人 —ある訣別—」

今まであまり語られなかった遙さんの身内ですが、そのつながりを断ち切る決断のお話です。そしてそれを受けての柾鷹の想い。遙さんを見守る組長が、意外とカッコイイ巻でしょうか。そして後半は知紘ちゃんたち。初めての（?）友達である能上くん視点で、外から見た千住組の様子が新鮮です。

9

「最凶の恋人 —虎の尾—」

やさぐれたおっさん刑事が登場。敵か味方か、これからちょこちょこと掻きまわしてくれるのかも？　そして、若頭と大学時代の変人お友達が経営するSMクラブにまつわるお話。祐作君たちが巻きこまれて気の毒なことに。さらにNYからの客人たちは今作「—10days Party—」へのプロローグですね。

水壬楓子先生の次に最凶の面々と付き合いの長いしおべり由生先生より一言

贔屓のキャラは何と言っても知紘ちゃん！
覚悟が決まっている、でも超絶可愛くて色っぽいところが大好きです。
作品では一番好き…というか印象的なのはやっぱりルームメイトかなぁ。頂いたあと、何度も舐めるように読み返しましたし、今でも折に触れて読んでいます！

あとがき

こんにちは。組員日記、なんと、２冊目でございます。すごいっ。祐作くん、快挙です！

というわけで、今回、盛りだくさんな内容でお届けするこちらは、シリーズとしては11冊目になるのですね。ありがとうございます。思えば遠くに来たものです…。

それにしても、「最凶〜」本編に合わせてスラッシュのレーベルで出していただいているわけですが、色っぽいシーンがまったくない（今回はホント、なかったような…）というのは、許されるのでしょうか…。日記という形状なのでいかんともしがたいところではあるのですが。そもそも祐作くんにダーリンなり、ハニーなりもいませんものね。組長たちの生活をのぞき見しているだけで。あとは、祐作くん自身ががんばっている部屋住みヤクザライフ？　ですし。

日記の１巻目は、本編の流れに合わせての祐作くん視点のお話がほとんどでしたが、だんだん祐作くん独自の活動なども増えてまいりました。というか、本編にも出てきていないのに、こちらの組員日記でどんどんオリジナルキャラが出てくるあたりで、一人歩きしている感じがありますね。深津くんはもちろん、歯科医の皐月先生とか、クラブオーナーの伊万里さんとか、今回最後の方に出てきた颯人くんとか。颯人くんなどは、がっつりと口絵にも登場してますしね。そういえば、組員日記は小説ｂ－ｂｏｙで連載させていただいているのですが、雑誌ではその号ごとにテーマがありますので、できるだけ取り入れるようにしております。ですので、今回の日記の中でも、ファンタジーテーマとか、先生テーマとか、ちょこちょこと入っているのも、なるほど、と思っていただければ。

最凶の本編ともどもイラストをいただいておりますしおべり由生さんには、こちらの日記では毎回楽しいマンガに、肌色率を上げていただいた渾身の口絵にと、本当にありがとうございました。表紙もすごく祐作くんのお仕事感が出ていて楽しいです。世界観、ばっちりな感じで、できあがりを楽しみにしております。そして編集さんにも、今回は2冊同時ということで、本当に大変な作業だったと思います。特に組員日記は盛りだくさんな内容で、いろんなおもしろいアイディアを本当にありがとうございました。仕上がりにわくわくしております！

そしてこちらの日記も手にとっていただいた皆様には、本当にありがとうございます。とにかく、笑って和んでにやにやして、いっときほんわか楽しい気分に浸っていただけると本望です。本編の「10days party」もお楽しみいただければばと。それではまた、お会いできますように。

4月　さっぱり初鰹……からの、鰹のアラでタケノコ煮物。最高…！

水壬楓子

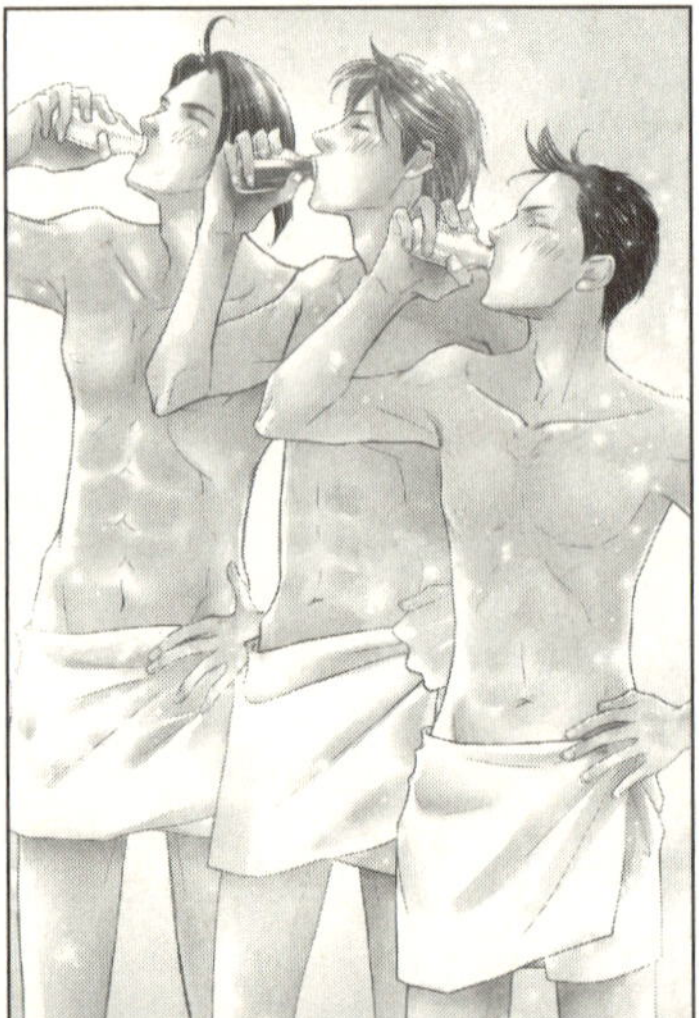

初出一覧

組長の秋　組員日記（出張版）／フェア特典小冊子（2015年9月・アニメイト）掲載
組員日記／小説ビーボーイ（2014年5月〜2017年冬号）掲載
若者たちの夏　組員日記（出張版）／AGF限定本「Libre Premium 2014」掲載
コミック版　組員日記／AGF限定本「Libre Premium 2014」掲載
コミック版　組員日記発売記念／小説ビーボーイ（2014年11月号）掲載
書き下ろし　深津ノート／書き下ろし
描き下ろし　マンガで組員日記を読んでみよう！／描き下ろし

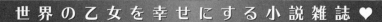

ビーボーイスラッシュノベルズを
お買い上げいただきありがとうございます。
この本を読んでのご意見・ご感想をお待ちしております。

〒162-0825 東京都新宿区神楽坂6-46
ローベル神楽坂ビル4F
株式会社リブレ内 編集部

リブレ公式サイトでは、アンケートを受け付けております。
サイトにアクセスし、TOPページの「アンケート」から該当アンケートを選択してください。
ご協力をお待ちしております。

リブレ公式サイト　http://libre-inc.co.jp

SLASH
B-BOY NOVELS

最凶の恋人―組員日記2―

2017年5月20日　第1刷発行

■著　者　水壬楓子

■発行者　太田歳子
■発行所　株式会社リブレ

〒162-0825　東京都新宿区神楽坂6-46 ローベル神楽坂ビル
■営　業　電話／03-3235-7405　FAX／03-3235-0342
■編　集　電話／03-3235-0317

■印刷所　株式会社光邦

Printed in Japan
ISBN 978-4-7997-3200-7